HEKSEN, VALENTIJNSDAG EN EEN VLOEK

EEN PARANORMALE DETECTIVEROMAN

DE HEKSEN VAN WESTWICK
BOOK ZES

COLLEEN CROSS

Translated by
PETRA DE LANGEN

Heksen, Valentijnsdag en een vloek

is een eboekuitgave van

Slice Publishing

Copyright © 2023 Colleen Cross / Colleen Tompkins

Auteur: Colleen Cross (pseudoniem voor Colleen Tompkins)

ISBN

ebook 978-1-77866-106-8

Hardcover 978-1-77866-107-5

Paperback 978-1-77866-108-2

Audiobook 978-1-77866-109-9

OOK VAN COLLEEN CROSS

De Heksen van Westwick
Jong Gehekst is oud Gedaan
Een goede spreuk is het halve werk
Niet Getoverd is Altijd Mis
Kerstmis, heksen en een moord
Moord, wijn en een heksenfestijn
Heksen, Valentijnsdag en een vloek

Katerina Carter juridische thrillers
Nooduitgang
Met gelijke munt
Engel des doods
Groene schijn
In het rood
Blauwe Maandag

Wil je op de hoogte gehouden worden van Colleens nieuwste boeken,
schrijf je dan in voor haar nieuwsbrief!

www.colleencross.com

HEKSEN, VALENTIJNSDAG EN EEN VLOEK

EEN 'HEKSEN VAN WESTWICK' COZY MYSTERY

Tot de dood ons scheidt...

Cendrine West en de Westwick heksen kijken uit naar een betoverende Valentijnsdag vol romantiek, geheime bewonderaars en wie weet zelfs wel een huwelijksaanzoek, misschien wel twee. Er hangt liefde in de lucht, maar tante Pearl blijft er onverschillig onder.

Ruby's nieuwste zakelijke avontuur zorgt voor onverwachte gasten en een geheim bericht stelt Cendrine voor raadsels. Maar dan stuit de pijl van Cupido op een vloek en barst opeens de hel los!

Heksen, Valentijnsdag en een vloek is een los verhaal in de paranormale cozy mystery serie over de Heksen van Westwick.

Meer over Colleen Cross en haar boeken is te vinden op www.colleencross.com

HOOFDSTUK 1

*I*k stam af van een lange lijn getalenteerde heksen. Mensen denken dat heksen allerlei methodes tot hun beschikking hebben om een comfortabel leven te kunnen leiden, maar dat klopt helaas niet. We volgen strenge regels en die zeggen dat hekserij niet gebruikt mag worden om er op financieel of materieel gebied beter van te worden. Westwick Corners is maar een klein dorp waar weinig banen te vinden zijn, dus moeten we vindingrijk zijn en creatief denken om de eindjes aan elkaar te kunnen knopen.

De Westwick Corners Inn, onze boutique B&B, is de belangrijkste bron van inkomsten voor de familie West en zo kunnen we ons hoofd boven water houden. Naast allerlei werkzaamheden in de B&B ben ik dan ook nog de uitgever en de enige werknemer van de *Westwick Corners Weekly*. Een paar jaar geleden heb ik deze lokale krant overgenomen van de eigenaar toen deze met pensioen ging en zo kwam ik aan deze baan. Maar op dit moment kon ik eigenlijk even aan niets anders denken dan aan mijn rommelende maag, die smachtte naar iets te eten.

De geur van versgebakken bananenmuffins kwam me tegemoet, toen ik de grote deur opende die de eetkamer voor de gasten scheidde van de keuken. Die keuken binnengaan was absoluut funest voor mijn dieet. Ik lette erg op de calorieën en had een uur geleden mijn dagelijkse muffinquota al bereikt met een cranberrymuffin bij het ontbijt. Mams dagelijkse baksels vormden een constante dreiging. Desondanks ging ik met nieuwe voornemens toch de keuken in, vastbesloten om nog geen kruimel van Mams verse bakkunsten mijn mond te laten passeren.

Met enorme ovenwanten aan opende Mam de deur van de grote industriële, roestvrijstalen oven. Ze trok er een zware ijzeren bakplaat uit en hield hem voor me. "Een muffin voor je gedachten, Cen?"

Het water liep me in de mond, maar ik schudde mijn hoofd. "Ik krijg de rits van de jurk die ik speciaal voor Valentijnsdag heb gekocht niet eens meer dicht. Ik moet vandaag nog tweeënhalve kilo zien kwijt te raken en vóór het avondeten morgenavond nog eens ruim twee kilo." Meteen begon mijn maag protesterend te rommelen.

Mam lachte en zette de muffinplaat op een onderzetter op het aanrecht om af te koelen naast een tweede reeks bosbessenmuffins. "Tweeënhalve kilo lukt je misschien in twee weken, maar niet in een dag. Het is echt niet goed om jezelf zo uit te hongeren en dat hoeft ook helemaal niet. Je ziet er prima uit zoals je bent."

Mam heeft makkelijk praten, zij was vroeger atlete en bovendien de beste sprintster van het hele universitaire atletiekteam. Tegenwoordig verbrandde ze haar calorieën met het werken in de B&B en het bijhouden van de grote moestuin, waar het meeste eten voor de B&B vandaan kwam. In tegenstelling tot mezelf was zij heel gedisciplineerd en probeerde ze bijna iedere dag te bewegen. Ze at wat ze wilde en kwam geen gram aan.

Tante Pearl deed helemaal niets en bleef zonder enige moeite een schamele vijfenveertig kilo wegen. Op de een of andere manier had ik deze genen van de familie West niet meegekregen. Alleen al van het schrijven van een boodschappenlijstje kwam ik aan. Ik was zwaarder, langer en had een lichtere huid dan de rest van mijn familie. Zelfs mijn lange steile, blonde haar viel uit de toon bij de bruine krullen van de anderen. Mam was altijd een beetje vaag geweest over de genealogie van onze familie. Als ik niet ook had kunnen toveren, dan zou ik zeker gedacht hebben dat ik geadopteerd was.

De keukendeur vloog zo hard open dat hij met een klap tegen de muur sloeg.

"Tjonge, Ruby, wat laat je nu weer aanbranden?" Tante Pearl fronste bij het binnenkomen van de keuken. Mam, de jongste zus, scheelde twaalf jaar in leeftijd met haar oudste zus Pearl, maar dat zou je niet zeggen. Tante Pearl zag er heel erg jong uit voor haar leeftijd, dankzij het feit dat ze altijd moest rennen om haar hachje te redden.

Als ze al niet bezig was met het negeren van de wet of het in brand steken van iets, dan was ze wel voor de lol de sheriff van het dorp aan het treiteren. In haar eentje zorgde ze voor een enorme misdaadgolf en ze was de opstandigste bejaarde die er bestond.

Mam zwaaide afwerend met haar hand. "Ik was net bezig Cen aan te moedigen om een muffin te proeven. Ik heb bosbes, banaan en chocolate chip. Wil jij er een?"

De ogen van tante Pearl vernauwden zich, voorbereid op een discussie. "Bakken is zonde van je tijd. Waarom koop je dat spul niet gewoon? Als jullie allebei meer tijd zouden besteden aan het oefenen van toverspreuken in plaats van aan het spelen met ijzeren pannetjes, dan zou de hele wereld, net als ons dorp, daar veel beter van worden."

Mam schudde haar hoofd. "Bakken is goedkoper en gezonder dan wat je in de supermarkt koopt. Dankzij de B&B kunnen we ons brood verdienen. Want volgens mij is Pearl's Charm School gesloten in verband met te weinig aanmeldingen. Zelfs de krant van Cen levert nog wat geld op." Mam keek even onzeker naar mij.

Defensief kruiste ik mijn armen. "Natuurlijk levert mijn krant geld op! Ik heb voor de speciale Valentijnsdageditie al zeker voor een maandopbrengst aan advertenties verkocht." Mijn familie zag mijn krant alleen maar als een hobby en dat was zó frustrerend.

"Je hoeft niet boos te worden, Cen. Ik wilde alleen maar iets duidelijk maken," zei Mam.

"Ik was helemaal niet…"

Tante Pearl snoof. "Cen is alleen maar boos omdat niemand haar artikelen leest, Ruby. Je weet net zo goed als ik dat iedereen die krant alleen maar koopt voor de reclame en de kortingsbonnen."

Tante Pearls werk bestond uit het schoonmaken van de B&B, maar ze leidde ook Pearl's Charm School, een school om heksen op te leiden. Haar studenten hielden het er meestal maar een paar maanden uit; daarna had ze hen met haar chagrijnige humeur alweer verjaagd. Maar o wee als iemand iets negatiefs durfde te zeggen over tante Pearls school, dan ging ze volledig uit haar dak en daarom zeiden Mam en ik meestal maar niets. En zij had commentaar op mijn bedrijfsstrategie?

Zowel de B&B als ons dorp bloeiden helemaal op wanneer er toeristen kwamen. De kunst was om ze naar ons verborgen, kleine dorp, dat nogal van de gebaande paden af lag, te laten komen. We hadden in het begin een paar magere jaren gehad, maar uiteindelijk was het idee van Mam van een aantal jaar geleden, om ons familiehuis te verbouwen tot een boutique B&B, toch een groot succes gebleken. Onlangs hadden we er een café aan toegevoegd en we hadden nu ook onze eigen wijngaard. In onze advertenties benadrukten we dat onze B&B een knusse plek is om te vluchten voor de dagelijkse drukte van de stad.

Ondanks ons bescheiden succes was het een constante strijd om tante Pearl haar deel van het werk te laten doen. Tante Pearl haatte bezoekers. Ze besteedde net zo veel energie aan het wegjagen van bezoekers, als wij deden om ze aan te trekken. Ons hele bestaan hing af van het toerisme, maar dat kon tante Pearl niet accepteren.

Tante Pearl liep naar het aanrecht en brak een stukje van een vers-gebakken bananenmuffin af. Ze stak het in haar mond en trok een vies gezicht. "Dit is vreselijk, Ruby! Deze troep kun je toch niet aan onze gasten serveren?"

"Je lust niet eens bananenmuffins! Waarom eet je er dan van?" Mam wreef met de achterkant van haar hand over haar voorhoofd en zuchtte.

"Wat maakt het uit. Niemand zal deze rotzooi willen eten." Tante Pearl spuugde het muffinhapje in haar handpalm uit, liep naar de afvalemmer en veegde het in het afval.

Ik fronste. "Je hebt nu expres een muffin verspild."

"Veel te zoet naar mijn smaak," snoof tante Pearl.

"Onze gasten vinden mijn muffins wel lekker, ook al lust jij ze niet," reageerde Mam. "Niet dat het jou wat kan schelen. Je doet nauwelijks nog je best om de kamers schoon te maken en die nieuwe barman die je hebt aangenomen deugt ook niet. Hij schenkt de glazen veel te vol en is onbeleefd."

Tante Pearl rolde met haar ogen. "De klanten zijn juist dol op Lucky. Ik heb je al eerder gezegd, Ruby, ik kan echt niet langer blijven werken in deze toeristenfuik. Ik heb ook Pearl's Charm School nog om te managen."

Mam zuchtte. "De B&B hoort óók bij jouw werk, Pearl. Je moet echt iets tegen Lucky zeggen, want zo gaat al onze winst eraan."

"Je kunt toch ook weer zelf achter de bar gaan staan, tante Pearl? Dat zou ons een hoop geld besparen." Mensen vonden een chagrijnige barvrouw minder erg dan een chagrijnige schoonmaakster. De alcohol leek iedereen wat milder te maken.

"Nah. Veel te druk." Tante Pearl schudde haar hoofd. "Waarom doe jij het niet?"

Nu schudde ik mijn hoofd. "Ik zorg al voor het inchecken van de gasten, de boekhouding, en al het wasgoed. Ik kan echt niet nog meer doen. En bovendien, je hebt op dit moment niet eens studenten."

"Dat is alleen maar tijdelijk, omdat ik bezig ben het lesprogramma aan te passen." Tante Pearl keek me met toegeknepen ogen aan. "Weet je, Cen, ik zou nog wel wat bèta-testers kunnen gebruiken voor wat toverspreuken. Als je mij helpt, dan help ik jou ook. Jouw toverspreuken kunnen vast ook wel wat verbeteringen gebruiken."

"Verander niet steeds van onderwerp, tante Pearl. Er mankeert niets aan mijn toverkunsten." Mijn magie zou best wat opgefrist kunnen worden, maar in de spaarzame vrije tijd die ik had, oefende ik regelmatig. Mam had gelijk: onze hoogste prioriteit lag bij de B&B. Dankzij de B&B hadden we te eten, konden we kleding kopen en hadden we een dak boven ons hoofd. Hekserij was leuk om te kunnen, maar daar konden de rekeningen niet van worden betaald.

Mam stond bij het aanrecht af te wassen. "Pearl, als er niet snel meer inkomsten binnenkomen, dan zal je Lucky moeten ontslaan. We kunnen ons zijn salaris niet veroorloven."

"Dat kan niet!" protesteerde tante Pearl. "Ik heb zijn moeder beloofd dat ik hem een baan zou geven."

"Je kunt dit soort afspraken niet maken zonder eerst met mij te overleggen," zei Mam. "De helft van de tijd komt Lucky niet eens opdagen. En als hij komt, is hij te laat. Als het aan mij had gelegen, had ik hem na zijn eerste werkdag al ontslagen. Het lijkt wel alsof je wil dat ons bedrijf instort."

"Lucky is een fantastische barman," pruilde tante Pearl. "Hij maakt heerlijke drankjes; hij is echt perfect voor deze baan."

"Ja, als geld geen rol zou spelen," zei ik. "Ieder drankje dat hij mixt is een dubbele. Ik vraag me af of Lucky wel zijn echte naam is." Tante Pearl had Lucky drie weken geleden aangenomen toen hij naar ons dorp was gekomen, maar hij had geen curriculum vitae of referenties. Hij was een man zonder verleden en was heel plotseling uit het niets verschenen. We wisten niets van hem en hij had totaal geen verstand van het werk achter de bar. Dankzij hem zouden we failliet gaan als we niet goed uitkeken.

Mam zuchtte. "Hij ziet eruit als een gangster. Ik weet wel dat je iemand niet op zijn uiterlijk mag beoordelen, maar waarom draagt hij van die flitsende pakken? Waarom moet hij zich tijdens het werk wel twee tot drie keer omkleden? Hij komt altijd te laat en vertrekt te vroeg. Wees eerlijk, Pearl, hij is geen goede werknemer. Volgens mij is hij met heel andere dingen bezig in plaats van het bedienen van de bar."

"Oké, oké. Ik praat wel met hem. Maar heb ondertussen wat geduld met hem. Iedereen verdient een tweede kans." Tante Pearl pakte weer een muffin, een bosbessenmuffin deze keer. Ze brak er een stuk af en hield het tussen haar vingers vast. Vervolgens bracht ze het naar haar neus en rook eraan. Met een grimas legde ze het stukje op het aanrecht. "Nou ja, misschien niet iedereen."

"Mam doet zo haar best om alles vers te bakken voor onze gasten," zei ik boos. "En nu moet ze, dankzij jou, weer een nieuwe partij bakken."

Tante Pearl kruiste defensief haar armen voor haar borst. Een zelfgenoegzaam lachje verscheen op haar gezicht toen ze eerst naar de muffin op het aanrecht keek en vervolgens naar mij. "Als die muffins dan zo fantastisch zijn, Cen, waarom neem je hem zelf dan niet?"

"Ik ben op dieet." Verlangend keek ik naar het restant van de muffin. Bosbes was na banaan mijn favoriet. Tante Pearl zat me expres te treiteren, maar ik voelde mijn weerstand afbrokkelen.

"Moeten we de rest dan zo maar weggooien?" Tante Pearl grinnikte ondeugend.

Ik gaf het op en pakte de muffin. Ik brak er een stukje af en proefde het. "Mmmm... zalig, Mam."

Mam lachte en keerde zich weer naar de oven, waar ze een volgende plaat met muffins uit haalde en daarna boven op het fornuis zette om af te laten koelen.

Mam zorgde in de B&B voor de dagelijkse gang van zaken. Ze maakte ook het ontbijt, de lunch en het diner, en bakte iedere dag wel iets lekkers. Tante Pearl hoefde alleen maar acht gastenkamers schoon te maken, waarvan de meeste alleen maar in het weekend bezet waren. Toch probeerde ze er op haar eigen sluwe manier voor te zorgen dat de gasten het niet zo naar hun zin hadden. De kamers waren altijd voorzien van frisgewassen lakens en toiletartikelen, maar 's-nachts waren er soms rare geluiden te horen waarvan de gasten wakker werden. Soms gingen er plotseling ramen en deuren open en dicht, of er waren andere mysterieuze acties. Ze maakte er letterlijk een spookhuis van. Soms waren de gasten zo bang dat ze voortijdig uit wilden checken.

Tante Pearl gaf dan altijd de schuld aan de geest van Oma Vi. Mijn Oma Vi was al een paar jaar geleden overleden, maar had haar geliefde huis nooit helemaal verlaten. Haar goedaardige geest huisde nog in het gebouw, maar ze was vooral op zichzelf. Ze genoot simpelweg van ons gezelschap en de gezellige sfeer van de B&B. Ze zou nooit onze betalende gasten proberen weg te jagen.

Tante Pearls toverkunsten en rare streken kostten ons geld en dat was ook precies haar bedoeling. En hiermee komen we ook meteen bij een van mijn andere verplichtingen voor de B&B: het opruimen van de puinhopen van mijn tante, met behulp van mijn eigen geheime tegen-toverspreuken. Dat vond ik niet zo erg, want het voordeel was dat ik zo mijn eigen toverkunsten kon oefenen. Ik was ondertussen een betere heks geworden dan tante Pearl, ook al zou zij dat nooit toegeven.

Ik hield bij waar en wanneer tante Pearl zorgde voor een niet zo toevallige ontmoeting met de dorpspolitie. Dat was best vaak en de sheriffs volgden elkaar dan ook in razend tempo op. Tot onze laatste sheriff dan. Het enige wat positief was aan tante Pearls overtredingen, die keer op keer voorkwamen, was dat ik op deze manier mijn geweldige vriend had leren kennen, sheriff Tyler Gates.

Mijn hart smolt bij de gedachte aan Tylers vriendelijke, bruine ogen en zijn aanstekelijke lach. Misschien zou hij binnenkort wel meer zijn dan alleen maar mijn vriend, misschien zelfs al wel morgenavond. We hadden voor Valentijnsdag gereserveerd in een luxe restaurant in Shady Creek. Trouwen was al eens terloops ter sprake gekomen, maar de laatste tijd had Tyler ook wel wat hints laten vallen.

En als deze niet nader te noemen gebeurtenis dan eindelijk zou plaatsvinden, dan wilde ik er ook op gekleed zijn in mijn nieuwe, schitterende, rode Valentijnsjurk. Als ik zijn aanzoek accepteerde, wilde ik er ook spectaculair uitzien, zelfs als ik mijn mollige lichaam in mijn iets-te-krappe jurk zou moeten hijsen. Tot dat moment moest ik mezelf echt uithongeren, maar dat wist ik. Ik zou dat niet laten verpesten door zo'n caloriebom als een muffin.

Ik keek omlaag en mijn adem stokte. In mijn hand lagen alleen nog wat kruimels. Ik had een hele muffin opgegeten zonder dat ik me er zelfs bewust van was geweest!

Tante Pearl keek wantrouwend naar Mam. "Voor wie ben je eigenlijk aan het bakken, Ruby? Onze laatste gasten zijn gisterochtend al vertrokken."

Dat had ik me ook al afgevraagd, want er waren volgens mij geen nieuwe reserveringen. Dat was op zich ook al vreemd, want meestal zaten we voor het weekend van Valentijnsdag helemaal vol.

Mams gezicht werd rood terwijl ze een grote rieten mand met een linnen servet erin van het aanrecht pakte. Vervolgens schudde ze voorzichtig de muffins van de plaat in de mand, waarbij de geur van bananenmuffins zich verspreidde. "Eh, ik... eh... kan er nu niets over zeggen. Ik heb het druk met koken en bakken."

Het water liep me in de mond bij die heerlijke geur en mijn maag rammelde weer. "Wie zei je dat...?"

Mam zei niets.

Plotseling verscheen de doorzichtige verschijning van Oma Vi. Ze zweefde door de wand die de keuken scheidde van de eetkamer. De geest van mijn grootmoeder was nog altijd een belangrijk deel van ons leven. Gelukkig kon alleen onze familie haar zien.

Ze zweefde langs me en zei met een zangerige stem: "Mmm... muffins! En je favoriete, Cen!"

Ik schudde van nee. "Ik ben op dieet, weet je nog?"

Oma Vi snoof. "Je hebt je dieet al laten mislukken, Cen. Eigenlijk ben je de laatste tijd best wel mollig geworden."

"Vind je me dik?" Verslagen liet ik mijn schouders hangen. Waarom had ik in vredesnaam een jurk gekocht die twee maten te klein was? Stom, stom, stom. Afgelopen herfst had het me nog zo eenvoudig geleken om een paar kilo per maand af te vallen. Toen had ik nog maanden de tijd gehad om mijn doel te bereiken. Maar nu was het morgen al Valentijnsdag. En in plaats van gewicht te verliezen, was ik met Kerstmis zelfs een paar kilo aangekomen. Ik had veel te veel gesnoept van Mams feestelijke baksels en van de pas gelanceerde Witching Hour Merlot van de wijnmakerij van onze familie. Ondertussen kwam Valentijnsdag steeds dichterbij en nu was het morgen al zo ver.

Oma Vi zweefde voor me, haar doorzichtige lichaam als een barrière tussen mij en het aanrecht. "Ik ben gewoon eerlijk tegen je, Cen. Zelfs als je nu helemaal niets meer eet, dan gaat die jurk morgen echt nog niet passen."

"Betover hem, Cen," klonk tante Pearl. "Maak die rare jurk een maatje groter."

Ik kruiste mijn armen. "Je weet dat ik dat niet kan doen. Dan

9

misbruik ik mijn krachten en dat is tegen de regels van de WICCA."
De WICCA, de *Witches International Community Craft Association*, zag
streng toe op misbruik van magische krachten. Het was erg belangrijk
dat die jurk me zou passen, maar niet zo belangrijk om een straf van
de WICCA voor te riskeren.

Tante Pearl rolde met haar ogen. "Dat is echt belachelijk. Je kunt
de regels toch wel een beetje omzeilen. Niemand zal er ooit achter
komen."

Dat was een leugen. Zodra ik een regel zou overtreden, hoe minimaal dan ook, dan zou tante Pearl het meteen verklikken aan tante
Amber, die in het hoofdbestuur van de WICCA zat. En tante Amber
zou erop staan om haar regels overtredende nichtje te gebruiken om
een voorbeeld te stellen voor het hele WICCA-ledenbestand. Ik zou
publiekelijk worden vernederd ten overstaan van de hele heksenge-
meenschap. Niet iets wat ik wilde riskeren.

Ik was echt verschrikkelijk boos op mezelf. Ik had genoeg tijd
gehad om af te vallen en het was niet gelukt. En nu was er geen tijd
meer.

Als ik niet nog ongeveer een halve kilo per uur kwijtraakte, dan
ging het niet gebeuren.

Ik dacht weer aan de fantastische rode jurk die in mijn kast hing:
halflang, mouwloos en van rode zijde, waarin mijn rondingen perfect
uitkwamen. Ten minste, dat was zo toen ik hem nog voor Kerstmis
had gepast, met de rits nog open. Ik had de rits toen namelijk al niet
meer dicht gekregen en nu zat hij nog strakker. Eigenlijk kreeg ik
hem zelfs nog nauwelijks over mijn heupen. Het was zo'n tijdloze jurk
die altijd in de mode was. Langs de ronde hals waren met de hand
kleine kristallen kraaltjes geborduurd, die het licht reflecteerden en
mijn lichte huid mooi deden uitkomen.

Mijn impulsaankoop bij Bunny's Key to Fashion, de enige damesmodezaak in Westwick Corners, was eigenlijk een miskoop geweest.
Ik realiseerde me dat Bunny me alleen maar complimenten had
gegeven zodat ze haar spullen kon verkopen. Ik kon er toch met geen
mogelijkheid fantastisch uitzien in een jurk die ik niet eens dicht

kreeg? Bunny had tegen me gelogen. Maar, hoe dan ook, ik zat nu met die jurk. Het was bovendien de enige aanzoek-waardige jurk die ik had en ik moest en zou hem dragen. En daarom moest ik ofwel wat veranderingen toepassen met magie, of ik had een back-up plan nodig zonder magie.

Oma Vi onderbrak mijn gedachten. "Cen! Heb je nog iets bijzonders te vertellen?"

"Neuh." Ik staarde naar de vloer, hopend dat Mam en tante Pearl de hint van Oma Vi niet oppikten. Dat ze gedachten kon lezen was al irritant genoeg en ik haatte het als ze probeerde binnen te dringen in mijn geheime gedachten. Ik wilde mijn geweldige nieuws pas onthullen na morgenavond, als Tyler zijn aanzoek had gedaan.

Ik kon me niet voorstellen dat ik mijn leven met iemand anders zou delen. Tyler en ik waren voor elkaar gemaakt en, zeker voor mij, was het liefde op het eerste gezicht geweest. Wat ook fijn was, was dat Tyler mijn bizarre familie helemaal had geaccepteerd, ondanks dat tante Pearl hem als haar gezworen vijand beschouwde.

Mam bedekte de mand met muffins met een theedoek en droeg hem naar de achterdeur. Ze stapte in haar klompen en reikte naar de deurknop.

Oma Vi zweefde naar Mam en versperde haar de weg. Ze wees in tegenovergestelde richting. "De eetkamer is die kant op, Ruby. Waar ga je heen met die muffins?"

Mam schraapte haar keel en keek nerveus om zich heen. "Ik eh... ik breng ze naar het Rocklin Huis."

Oma Vi hapte naar adem. "Waarom? Daar is toch niemand? Dat huis is al tientallen jaren onbewoond."

Mam zuchtte. "Nou, dat zal niet lang meer duren."

"Heeft iemand het gekocht dan?" Het grote herenhuis dat bekend stond als het Rocklin Huis stond al leeg zo lang ik het me kon herinneren, al lang voordat de huizenmarkt voorgoed was ingestort. Jarenlang gingen er geruchten dat het er spookte en de meeste dorpsbewoners deden er alles aan om het huis te vermijden. Of het nu wel of geen spookhuis was, als er nieuwe mensen waren komen wonen in het dorp was dat altijd groot nieuws, dus waarom deed Mam nu zo geheimzinnig?

Mam verstevigde haar greep op de deurknop, maar zei niets. Dat hoefde ook niet. Ze sloeg haar ogen neer, alsof ze was betrapt op een leugen.

Oma Vi's aura kleurde donkerrood, een duidelijk teken dat ze boos was. "Waarom zou iemand daar willen wonen?"

Mam keek op haar horloge. "Kom maar met me mee, Cen, ik zal je alles uitleggen als we er zijn."

Tante Pearls ogen vernauwden zich tot spleetjes. "Wat valt er uit te leggen, Ruby? Je weet dat die plek vervloekt is."

Mam deed de deur open. "Ik ben al laat. Cen, kom je mee of niet?"

"Ik kan niet mee, Mam. Ik moet de valentijnseditie van de krant nog uitbrengen." Ik had nog een paar last-minute taken te doen voordat ik deze speciale uitgave kon publiceren. Deze stond bol van de romantiek, recepten en geheime valentijnsberichten.

Dit jaar waren er dubbel zo veel valentijnsberichten als vorig jaar, waardoor dit een van mijn winstgevendste uitgaven was. Er waren berichtjes van geheime bewonderaars, verliefde mensen en potentiële geliefden, en het schattigste was nog een hele pagina vol met valentijnsharten getekend door kinderen van de plaatselijke basisschool. Maar er was een heel speciaal valentijnsbericht dat erg opvallend was. Iemand, ik vermoed dat het een man is, had anoniem een hele pagina gekocht voor zijn geheime, en tot nu toe onbekende, geliefde.

Dat was niet het enige anonieme valentijnsbericht. Er waren er nog veel meer en iedereen vond het leuk om te raden wie degene was die hem had laten plaatsen of voor wie hij was bedoeld. Ik wist natuurlijk altijd wie er voor de advertenties had betaald. Behalve dan bij degene die nu voor dit jaar een hele pagina had gekocht; die persoon is ook voor mij onbekend gebleven. Er was een envelop onder de deur van mijn kantoor geschoven, met daarin het bericht voor Valentijnsdag en een heel genereus geldbedrag.

Veel te genereus eigenlijk. Het bedrag was genoeg om al mijn onkosten voor deze hele maand te dekken en ook nog voor een deel van de volgende maand. Ik was erg blij dat ik de komende paar maanden niet rood zou staan, maar ik maakte me wel een beetje zorgen dat mijn anonieme klant niet per ongeluk veel te veel had betaald en ik wilde dat eigenlijk proberen recht te zetten. En meer dan dat nog: ik wilde dolgraag weten wie deze lieve, romantische weldoener was!

Het valentijnsbericht was heel aandoenlijk, maar te algemeen om te kunnen raden wie de afzender was en mijn nieuwsgierigheid was gewekt.

Tante Pearl snoof. "Niemand leest jouw krant, Cen. Stop er toch mee, je verspilt je tijd."

"Dat heb je echt mis. Je zou er versteld van staan hoe populair mijn krant is." Ik had het helemaal gehad met de constante beledigingen van tante Pearl. Een van de valentijnsberichtjes was van tante Pearls vriend Earl. Ik kon echt niet wachten om haar gezicht te zien als ze zou beseffen dat ik gelijk had.

"Het enige wat me versteld laat staan is hoe lang je je al bezighoudt met dat geldverslindende pulpblad. Echt een verspilling van tijd en geld, als je het mij vraagt."

"Nou, niemand vraagt je iets en als ik jou was zou ik mijn uitgave voor Valentijnsdag maar goed lezen." Hoeveel ik ook van mijn tante hield, ik kon echt niet begrijpen wat die lieve man in haar zag. Hij was beleefd, kalm en vriendelijk tegen iedereen. Met andere woorden: Earl was tante Pearls tegenpool.

"Echt niet, Cen." Tante Pearl zwaaide afwerend met haar hand. "Ik heb echt geen tijd voor die sentimentele nonsens."

Ik had deze week veel extra tijd besteed aan het herlezen van alle valentijnsberichtjes, niet omdat het moest, maar omdat ik er zo blij van werd. Er is echt een overvloed aan liefde in deze wereld. We zijn er door omgeven en het is onzichtbaar, tenzij we de moeite nemen om ernaar te luisteren en het te zien. Pech, een slecht humeur, onbegrip; dat zijn allemaal tijdelijke hindernissen. Maar al te vaak prikken we daar niet doorheen en dan gaat de liefde verloren. Ik geloof echt dat vriendelijkheid en goedheid kan winnen, als we het maar toelaten. Deze valentijnsberichtjes gaven me de bevestiging dat ik gelijk had.

De meeste mensen zijn goedhartig, maar sommigen hebben een

zetje nodig, of soms zelfs een duw, om hun liefde te kunnen uiten. Met een valentijnsberichtje wordt je hart weer in vuur en vlam gezet. Ik zag zo veel blije gezichten voor me, van mensen die morgenochtend aan de koffie zaten en dan zouden ontdekken dat er een valentijnsbericht in de krant stond dat speciaal voor hen was. Het leven was soms waardeloos, maar de liefde sleepte je altijd overal doorheen. Als je die ten minste dan wel toeliet, natuurlijk.

"Oké, Mam, we gaan." Het was zinloos om met tante Pearl te discussiëren en ik had maar weinig tijd. Ik stelde het passen van mijn jurk nog maar even uit en daarmee ook het inzien van wat ik al vreesde. Mijn jurk zou echt niet gaan passen, wat ik nu nog deed.

"Mooi, want we zijn al laat." Mam duwde me door de achterdeur.

We liepen om het huis heen naar de voorkant, net op tijd om te zien hoe Lucky uitstapte aan de passagierskant van zijn roestige, gedeukte Ford pick-up truck. Hij zette een paar wankele stappen, stond toen stil en staarde naar ons. Zijn haar zat in de war, alsof hij nog maar net wakker was. Hij was heel deftig gekleed in een smoking, die er zo gekreukt uitzag alsof hij erin geslapen had. De knopen van het jasje waren open en zijn shirt hing uit zijn broek.

"Hallo, dames." Hij salueerde naar ons en stommelde naar de Witching Post Bar & Grill aan het einde van het parkeerterrein.

"Die man moet echt weg," mompelde Mam terwijl ze halfslachtig naar hem zwaaide.

"Hij is nu al dronken," fluisterde ik. "Hij zou echt niet mogen rijden."

"Zo kan het niet langer," zuchtte Mam. "Binnenkort…"

"Om 12 uur is het Happy Hour, niet vergeten!" Lucky wankelde heen en weer en wees naar ons. "Zei je iets?"

"Nee hoor," antwoordde ik.

Hij knikte en vervolgde zijn wandeling over het parkeerterrein totdat hij de voordeur van de bar had bereikt. Zonder zijn sleutel te gebruiken greep hij de deurklink. Hij draaide zich even om, zwaaide even en stapte naar binnen.

Een niet afgesloten bar, vol met drank, zo voor het grijpen, dat was zeker een manier om failliet te gaan. Lucky zorgde alleen maar voor ellende en Mam had ook nog gelijk over iets anders. We hadden andere manieren nodig om geld te verdienen, ook al waren tante Pearl en Oma Vi het daar niet mee eens. Hoe het Rocklin Huis in Mams plannen paste was nog een mysterie. Ik had ook geen idee waarom Oma Vi en tante Pearl zo tegen ons bezoekje waren, maar daar zou ik vast snel genoeg achter komen.

HOOFDSTUK 2

 et was een koude, frisse ochtend in februari en de donkere wolken leken een voorbode van sneeuw. Ik leunde achterover in de passagiersstoel van de Subaru, dankbaar dat Mam de verwarming op de hoogste stand had gezet. De warme lucht blies tegen de bevroren voorruit die langzaam begon te ontdooien.

Maar binnen in de auto was de stemming niet zo warm en gezellig.

"Hoe bedoel je, je hebt het Rocklin Huis verhuurd?" vroeg ik. "Ik weet dat we geld nodig hebben, maar je kunt toch geen huis verhuren dat niet eens van jou is? Dat is eigendom van iemand anders. En bovendien is het illegaal."

Mam schudde haar hoofd. "Er is niets aan de hand. Er woont al jaren niemand meer. Het zal in betere staat achterblijven dan hoe ik het gevonden heb en ik doe er niemand kwaad mee."

"Maar dat is toch een vorm van diefstal, Mam! Als je geen toestemming hebt van de eigenaren..."

Mam onderbrak me. "Het huis is van niemand meer, Cen."

"Dat is niet waar! En hoe gaan we nog een huis onderhouden, Mam? Tante Pearl doet haar werk in de B&B niet eens meer en Lucky kost ons meer geld dat hij ons oplevert."

"Het komt allemaal wel goed, maak je maar geen zorgen," zei Mam opgewekt. We reden op deze rustige zaterdagochtend door het centrum van Westwick Corners en de winkels waren nog gesloten. De straten waren uitgestorven en er waren maar weinig mensen of verkeer te zien. Ik zag Tylers jeep geparkeerd staan bij het gemeentehuis. Hij was een ochtendmens en ging altijd graag vroeg aan de slag. Er was niet veel misdaad in ons dorp, maar Tyler, onze enige handhaver van de wet, had altijd wel iets te doen.

Ik wilde liever niet nog meer werk toevoegen aan zijn lange lijst politietaken, zoals bijvoorbeeld dit sluwe en vooral ook illegale plan van Mam.

Mijn gedachten dreven af naar Valentijnsdag morgen. Ik zou mijn rode zijden jurk aan hebben en Tyler zijn pak. Met zijn hand op de mijne zouden we naar elkaar staren aan een tafeltje bij kaarslicht in ons favoriete restaurant. Zijn belofte over iets bijzonders liet me niet los en ik had echt hoop. We hadden het over trouwen gehad. Zou hij echt een verlovingsring hebben? Ik was opgewonden en zenuwachtig tegelijk. Er zou veel voor ons veranderen en ik kon gewoon niet wachten.

We reden langs Molly's Café & Bistro, waar een paar auto's, voornamelijk pick-up trucks, geparkeerd stonden. Vanuit het gezellige restaurant scheen een warme gloed op de met rijp bedekte omgeving buiten. Ik draaide me om op mijn stoel om te zien of ik binnen iemand zag die ik kende, maar dat lukte niet.

Mam keek even opzij naar mij. "Onze nieuwe gasten stonden ineens voor de deur. Ik kon ze niet wegsturen en in de B&B was geen plaats meer. Er was in de verre omtrek helemaal niets meer te vinden, dus ik moest iets anders verzinnen. Zo ben ik op het Rocklin Huis gekomen."

Ik fronste. "Was het je na al die jaren dan gelukt om contact op te nemen met de Rocklins?" De familie Rocklin was de 'andere' heksenfamilie in ons dorp. Tenminste, dat waren ze, totdat ze het dorp haastig en onder mysterieuze en onduidelijke omstandigheden hadden verlaten. Het was al jaren geleden gebeurd, nog voordat ik was geboren en sindsdien had het grote huis leeg gestaan, onbewoond en ongeliefd.

Stilte.

"Waarom dat huis, Mam? Er was een goede reden waarom dat huis leeg stond. Het is namelijk een krot."

"Ik had iets met veel ruimte nodig en dat huis is groot en stond toch maar leeg. En omdat er al jaren niemand meer naar omgekeken heeft, zal vast ook niemand het erg vinden als ik het een weekje beheer. Ooit was het een prachtig huis en ik heb het helemaal weer in ere hersteld. Eigenlijk ziet het er zelfs mooier uit dan voorheen. Dus iedereen wordt er beter van." Mam keek weer voor zich naar de weg.

Het was helemaal niets voor Mam om de wet te overtreden of om iemands eigendom in te pikken. En toch had ze nu het huis van iemand anders gekraakt om het aan vreemden te kunnen verhuren, zodat ze er geld mee kon verdienen. Wat ze nu gedaan had, paste helemaal niet bij haar. Het liefst zou ik niets zeggen en zo uit de problemen blijven, maar omdat ik zelf ook een West was, was ik sowieso al medeplichtig.

"Mam, je kunt niet zomaar iemands eigendom in bezit nemen. En trouwens, ik kan er niet nog meer werk bij hebben." Met mijn krant en mijn meerdere taken bij de B&B zat ik al helemaal aan mijn grens.

Mams overnametactiek zou langzaam beginnen. Een week zouden er twee worden, daarna zou het een maand worden. Ze zou illegaal gebruik maken van iets dat niet van haar was. Tante Pearl was kennelijk niet de enige in de familie die de wet overtrad. En als Tyler hier achter kwam, zou hij zich misschien wel twee keer bedenken of hij, als sheriff zijnde, wel zou moeten trouwen met iemand uit zo'n criminele familie.

Terwijl ik heen en weer schoof op mijn stoel, zag ik opeens iets bewegen in de achteruitkijkspiegel.

Mam moet het ook gezien hebben, want ook zij keek in de spiegel. "Ik kon de eigenaar niet vinden, maar alle verbouwingen aan het huis moeten genoeg zijn als betaling voor de huur."

"Maak ze ongedaan, Ruby!" siste een stem vanaf de achterbank.

Ik was te bang om me om te draaien en onze overvaller aan te kijken. In plaats daarvan schreeuwde ik: "Doe ons geen pijn!"

De auto schoot hard over de berm, kwam omhoog van de weg en sloeg bijna op zijn kant. Mam kreeg de auto net op tijd weer onder controle en stuurde ons terug naar het asfalt. De wielophanging van de auto schudde toen de wielen weer grip kregen op de weg.

"Doe niet zo overdreven dramatisch, Cen. Relax." Oma Vi zweefde tussen ons in en bleef boven het dashboard hangen. "Je kunt hier maar beter mee stoppen, Ruby."

"We zijn ons bijna doodgeschrokken van jou, Oma. Mam had wel iemand kunnen raken."

"Doe niet zo belachelijk!" Mam keek weer naar mij. "Ik ben een uitstekende chauffeur."

Oma Vi schudde haar hoofd. "Je had ons bijna vermoord! Gelukkig is er zo vroeg nog bijna niemand op de weg."

Ik wees Oma Vi er maar niet op dat ze zelf een geest was en dus allang dood.

"Ophouden met je commentaar of ik stop en dan zal ik je... jou..."

"Wat wil je doen, Ruby? Moet ik uitstappen en gaan lopen?" Oma Vi lachte. "Geesten lopen niet. Je kunt niets tegen me doen. De Rocklinvloek is trouwens wel heel ernstig. Als we onze belofte verbreken, dan breekt pas echt de hel los."

"Welke vloek?" Inbraak en diefstal was al ernstig genoeg, maar een vloek? Nog meer slecht nieuws zou ik niet aankunnen.

Oma Vi's mond viel open. "Heb je Cen nooit iets verteld?"

"Mij wat verteld?" Ik keek heen en weer van Oma Vi op de achterbank naar Mam.

Maar Mam bleef voor zich uit kijken. "Jij gelooft toch niet in een onnozele vloek, of wel, Cen?"

"Natuurlijk geloof ik wel in vloeken, Mam! Een vloek is niets anders dan een valse, langdurige betovering, toch? Eigenlijk is het een boosaardige vorm van hekserij."

"Nou ja, technisch gezien wel, maar deze vloek is gewoon onzin. En waarom heeft iedereen altijd commentaar als ik mijn best doe om geld te verdienen voor onze familie?"

Het was niet mijn bedoeling geweest om haar te kwetsen. "Dat heb ik niet, Mam. Maar ik ben gewoon..."

"Gewoon wat... bezorgd? Jij maakt je altijd zorgen om dingen die nooit gebeuren, Cen." Mam staarde naar de weg voor ons en knipperde wat tranen weg. Ze gaf meer gas.

"Rustig aan, Mam. Wat houdt die vloek in?" Een huis kraken was één ding. Maar een onvervalste vloek was iets heel anders.

"Het stelt niets voor," zei Mam.

"Vertel Cen de waarheid, Ruby!" gilde Oma Vi. "Jouw hebberige gedrag heeft een vloek over ons allemaal in werking gezet."

Mam keek naar Oma Vi door de achteruitkijkspiegel. "Is het zorgen voor een dak boven ons hoofd hebberig? Of het zorgen voor geld voor eten? Want ik zie namelijk niemand anders onze rekeningen betalen."

"Ogen op de weg, Ruby," zei Oma Vi kortaf.

Mam vloekte en trapte het gaspedaal dieper in.

Mijn hoofd sloeg door de g-kracht hard tegen de hoofdsteun van mijn stoel.

"Wat gebeurt er als die vloek geactiveerd wordt?" Ik ging maar van het ergste uit. Zou er iets met ons gebeuren, of gingen we misschien zelfs wel dood? Zouden de Rocklins terugkomen om ons te wreken? Zou het dorp tot de grond toe afbranden?

Mam zuchtte. "We hebben het er nog wel over."

Vanaf de achterbank klonk wat gegrom van Oma Vi. Of ze het niet eens was met Mams opmerking, haar rijstijl, of allebei, was niet duidelijk.

Ik staarde uit mijn zijraam, stiekem doodsbang. Ik hield er niet van om ruzie te maken met Mam, maar wat ze nu deed sloeg nergens op.

Mam keek even opzij en zei op geruststellende toon: "Het is iets van jaren geleden, Cen. Als die vloek echt bestond, dan hadden we het nu echt wel gemerkt."

"Die vloek is pas nu opnieuw geactiveerd, dankzij jou," zuchtte Oma Vi vanaf de achterbank. "We komen er nog wel achter."

Ik draaide me om. "Je bent me wel een verklaring schuldig, hoor.

Hoe kan ik mezelf anders beschermen als ik niet eens weet wat die vloek inhoudt?"

"Maak je nou maar geen zorgen. Ik heb alles in de hand." Mam klonk bits. Haar vingers verstevigden hun grip op het stuur en haar knokkels werden wit.

Oma Vi zuchtte diep. "Cen heeft er recht op om te weten wat de vloek is, Ruby. Tenslotte is zij hier ook de dupe van."

HOOFDSTUK 3

"Wat heb ik te maken met die vloek? Ik heb toch niets gedaan om die over me af te roepen?" Als ik het doelwit zou zijn van een of andere bovennatuurlijke aanval, dan had ik bescherming nodig. Hoe kon ik mezelf nu beschermen tegen iets waar ik niets vanaf wist?

Oma Vi sprak weer: "Het is nou eenmaal niet eerlijk, Cen, maar iedereen van de familie West is hier de dupe van. De families West en Rocklin kennen elkaar al eeuwen. Ooit waren we bondgenoten, maar dat is voor altijd veranderd."

"Waardoor dan?"

"Negeer haar, Cen," gromde Mam. "Ze weet niet waar ze het over heeft."

We hadden het dorp achter ons gelaten en reden nu over het platteland. De groene akkers maakten plaats voor droge wijngaarden en tenslotte reden we door het bos de vallei uit, de nabijgelegen heuvels in.

Voordat de economische recessie het fortuin van velen liet verdampen, bevonden zich ooit welvarende landgoederen in deze heuvels. De bedrijven hadden het niet gered, waardoor veel grote landhuizen simpelweg waren verlaten, te duur om nog te kunnen onderhouden. Het geld raakte op en veel mensen verlieten het dorp, om nooit meer terug te keren.

Oma Vi, die nog steeds pruilend op de achterbank zat, verbrak uiteindelijk de stilte.

"Je had het Cen wel moeten vertellen, Ruby. Je hebt haar, en ons allemaal, in gevaar gebracht."

"Gevaar? Mam, is dat waar?"

Mam negeerde me en zette de radio zo hard dat de hele auto vibreerde. Er klonk harde muziek met een zware bas en een schreeuwende zanger. Ik bedekte mijn oren, maar zijn stem snerpte en dreunde door elk bot in mijn lijf heen. Sinds wanneer luisterde Mam naar heavy metal?

Opeens zweeg de radio.

Ik haalde mijn handen van mijn oren, dankbaar dat de muziek was gestopt. Maar mijn opluchting duurde nog geen seconde. Plotseling kwamen er vonken uit de rokende radio, die daarna in brand vloog.

Wat als het vuur zich zou uitbreiden? Zou de benzinetank exploderen?

"De vloek!" gilde ik. "Oh nee, hij werkt nu al!"

"Oh, stel je toch niet aan, Cen." Mam haalde een hand van het stuur en sloeg met de palm van haar hand naar de vlammen. "Nou, help me even om het vuur uit te maken."

De auto reed over de middenlijn en ik duwde haar hand weg. "Let op de weg!"

Ik keek om me heen op zoek naar iets waarmee ik de vlammen kon smoren, maar het enige wat ik had was mijn tas. Ik sloeg ermee tegen het dashboard in een vruchteloze poging om het vuur te doven, maar de vlammen werden alleen maar groter en mijn tas smolt vast aan mijn vingers.

Ik rukte mijn hand weg, maar het was al te laat. Mijn vingers prikten van het vuur en mijn tas was veranderd in een kleverige klont. De brand was echt, maar mijn zogenaamde leren tas kennelijk niet.

De vlammen kraakten en vonkten totdat Oma Vi een toverspreuk mompelde en met een zwaai van haar arm het vuur doofde. "Nou, dat viel niet mee! Nu ophouden met die onzin, Ruby. Geen afleidingen of ander drama meer."

"Hoor wie het zegt. Een geest die zich overal mee moet bemoeien." Mam beet op haar lip en vocht tegen de tranen.

"Hou op met ruziemaken!" Ik keek naar mijn schoot, waar op mijn tas een grote schroeiplek smeulde. Die kon ik weggooien. Ik had natuurlijk ook een toverspreuk moeten gebruiken in plaats van mijn tas, maar ik was zo in de war door Mams vreemde gedrag. En Oma Vi kennelijk ook, die het vuur had veroorzaakt.

"Jij sticht brand in de auto! Over drama gesproken." Mam hoestte en wapperde wat rook weg.

Oma Vi schraapte haar keel. "Toveren was altijd een makkie. Tjonge, ik ben echt uit vorm zeg."

"Je hebt altijd gezegd dat geesten niet konden toveren..." Oma Vi had altijd tante Pearl de schuld gegeven voor de regelmatig voorkomende hekserij in onze B&B, waarbij ze beweerde dat ze zelf haar toverkunsten was verloren. In mijn familie namen ze het niet zo nauw met het spreken van de waarheid.

"Ik bewaar mijn toverspreuken voor echte noodgevallen, zoals bijvoorbeeld nu. Het was de enige manier om jullie aandacht te trekken." Oma Vi zweefde tussen Mam en mij in. "Als Ruby je niets wil vertellen over de vloek, dan zal ik het wel doen. Luister goed, want je leven hangt ervan af."

"Oké." Mam en Oma Vi hadden nooit ruzie, echt nooit. Maar Mam had op de een of andere manier een oude vloek waar ik niets van af wist opnieuw geactiveerd en Oma Vi had brand gesticht in de auto. Ik was helemaal in de war omdat er zulke vreemde dingen gebeurden en dan was tante Pearl nog niet eens in de buurt.

"Er waren eens twee fa..."

"Het is geen sprookje, hè!" bitste Mam.

"Goed hoor, Ruby!" ging Oma Vi verder. "Heel lang geleden, toen ik zelf nog een klein kind was, kregen de families Rocklin en West allebei dezelfde bovennatuurlijke krachten. De families moesten samen de vortex beschermen tegen vreemde figuren en deze verborgen houden voor buitenstaanders."

"Dus de vortex is de reden waarom we heksen zijn?" Ik had me altijd al afgevraagd waarom wij bovennatuurlijke krachten bezaten en anderen niet. Terwijl ik opgroeide, bleven mijn vragen altijd onbeantwoord en op een gegeven moment stopte ik maar met vragen stellen.

Oma Vi knikte. "We hadden erin toegestemd om de beschermers te worden van de vortex en in ruil daarvoor kregen we de kracht om te kunnen toveren."

Ook al wist ik maar weinig over waar we onze tovertalenten vandaan hadden, over de vortex wist ik des te meer. Ik was er zelfs ook ooit in geweest. De vortex van Westwick Corners was een kleinere dan de andere vortexen op aarde, zoals die in Sedona in Arizona, of de beroemdste vortex van allemaal: Stonehenge. Onze vortex was veel minder bekend, maar net als elke andere van de zeven energievortexen, was het een bron van bovennatuurlijke krachten voor iedereen die er in de buurt kwam. De vortex leverde speciale krachten, zoals zelfs de mogelijkheid om door andere portalen naar andere tijden en plaatsen te reizen.

Elk zichzelf respecterende heks kende de vortex van Westwick Corners. De vortex kon de afnemende krachten van een heks weer opladen, zoals een soort bovennatuurlijke fontein van de eeuwige jeugd. Een beetje zoals toveren op steroïden. Maar als je niet voorzichtig genoeg was konden vortexen ook gevaarlijk zijn. Hun krachten konden worden ingezet voor iets goeds of tegen het kwaad, maar een vortex in verkeerde handen kon onvoorstelbaar veel schade aanrichten. En als bewakers was het onze taak om de vortex te beschermen. In ruil daarvoor hadden wij bovennatuurlijke krachten gekregen.

Over het algemeen deden mensen vortexen af als historische plekken voor heidense rituelen, of als metafysische new age nonsens. Onze vortex was relatief onbekend en trok maar weinig bezoekers aan, dus waren we door de jaren heen een beetje onverschillig geworden. Een aantal jaar geleden wilden we zo graag toeristen aantrekken, dat we de aandacht hadden getrokken van een boosaardige heks. Tonya Plante had toen de vortex bijna overgenomen. Gelukkig konden we haar plannen om het te verbouwen tot een luxe resort voorkomen. Destijds hadden onze onachtzaamheid en wanhoop ook niet voor het activeren van een vloek gezorgd, dus wat was er dan nu zo anders?

"Al sinds mijn geboorte was ik voorbestemd om de vortex te bewaken. Ik had geen keus. En nu heb ik ineens te maken met een of andere vloek waar ik niets van weet?" Ik leunde achterover en kruiste mijn armen. Er was zonder dat ik er iets over te zeggen had gehad over mijn toekomst beslist en dat was onacceptabel. Was er nog iets van mijn lot nog niet helemaal voorbestemd?

"Het stelt niet zo veel voor, Cen," zei Mam opgewekt. "Met z'n allen bewaken we deze kleine vortex die toch bijna geen bezoekers trekt. En als tegenprestatie krijgen we bovennatuurlijke krachten waarmee we kunnen doen wat we willen. Best een goede regeling, hoor."

"Nou, ik kap ermee," zei ik. "Een heks zijn is eerder een last dan een zegen."

"Je kunt er niet mee stoppen, het is erfelijk bepaald," zei Mam met een nagemaakte vrolijkheid. "Geen enkele slimmerik stopt met hekserij. Er zijn zo veel vrouwen die onmiddellijk met jou zouden willen ruilen."

"Nou, dat mag. Niemand kan mij dwingen om iets te doen waar ik geen zin in heb."

"Jawel, Cen. Het is een eed waarop we als de hele familie West hebben gezworen, voor eeuwig." Mam trapte het gas weer in.

"Waar zijn die lui van Rocklin eigenlijk gebleven? Waarom konden zij wel stoppen en wij niet?"

"De Rocklinfamilie is eh... teruggedrongen," zei Mam.

"Ik wil ook worden teruggedrongen."

Mam zuchtte. "Geloof me nou maar, Cen, dat wil je niet. Als je bovennatuurlijke krachten je worden ontnomen is dat heel vervelend en het kan niet meer worden teruggedraaid. De vortex is je roeping, een verplichting die je hele leven voortduurt. Accepteer het."

De enige levenslange verbintenis die ik wilde aangaan, was die met Tyler, ver weg van mijn idiote familie.

Oma Vi zweefde boven Mams rechterschouder. "Vertel haar de

waarheid, Ruby. Vertel over de oorlog en waarom wij het beheer overnamen."

"Hè, wat? Heeft de familie West gevochten tegen de Rocklins?" Ik had altijd geloofd dat wij de enige heksen waren die de vortex bewaakten. "En je hebt me ook nog steeds niet verteld waar de Rocklins zijn gebleven. Wat heb je nog meer geheim gehouden?"

"Ze zijn verbannen naar een supergeheime locatie. Ik heb geen idee waar," onderbrak Oma Vi me. "Wat ik wel weet is dat ze ons nu zullen komen opzoeken. Door wat je moeder gedaan heeft, zijn we nu in gevaar."

"We moeten allemaal zorgen voor brood op de plank," snauwde Mam. "Ik zie jou anders weinig bijdragen."

"Sorry hoor, maar ik ben dood!" zei Oma Vi met een snik in haar stem. "Ik heb mijn hele leven hard gewerkt om jullie van eten en kleren te voorzien en alles wat ik nu krijg is stank voor..."

Ik onderbrak ze. "Ophouden nu! Mam, waarom heb je iets wat zo belangrijk is en wat zo bepalend is voor mijn hele leven, al die tijd voor me verborgen gehouden?" Mam, tante Pearl en ook Oma Vi: ik was boos op hen allemaal. Ze hadden me jarenlang voorgelogen.

Mam keek schaapachtig naar me. "Ik probeerde je alleen maar te beschermen, Cen. Sorry. Ik heb het je nooit verteld, want die vloek is al zo oud. Weet je, ik was nog maar een klein kind toen we vochten tegen de Rocklins. En je oma was er wel direct bij betrokken, dus zij had je..."

"Hou eens op om mij overal de schuld van te geven, Ruby."

Mam zuchtte. "Oma vertelt je het verhaal wel. Maar onthoud dat ze weleens wat overdrijft."

"Als Ruby niet alle regels had overtreden, dan was er weinig te vertellen," verzuchtte Oma Vi. "Maar je hebt er recht op om te weten hoe het zit met de vloek, aangezien het een grote impact heeft op je leven."

"Wat voor impact dan? Vormen de Rocklins een gevaar voor ons?" Ik slikte een brok in mijn keel door toen ik besefte dat het Mam niet helemaal was gelukt om me te behoeden voor het kwaad.

"Alleen al het uitspreken van de naam Rocklin kan ervoor zorgen dat ze terugkomen en ons kunnen bedreigen, Cen. Noem ze vanaf nu maar de zwarte heksen, oké?"

"Oké. Zijn wij dan de witte heksen?" vroeg ik.

Oma Vi knikte. "Zoiets. Maar Pearl is wel een beetje grijs eigenlijk. Heksen zijn soms ook hebberig, net als gewone mensen. Toen de zwarte heksen de vortex met zwarte magie probeerden over te nemen, moesten we er iets tegen doen. Daarom waren er ook twee heksenfamilies aangesteld om samen de vortex te bewaken. De familie West en die zwarte heksen. Het was de bedoeling dat we elkaar op het rechte pad hielden. Dat lukte best een tijd, maar toen viel ons verbond uit elkaar en werd de situatie grimmig."

Mam bleef stug naar de weg staren.

Oma Vi knikte. "Wij, de witte heksen, wonnen uiteindelijk, maar wel heel nipt en met de hulp van veel andere witte heksen. De hele heksenwereld stond op z'n kop, totdat we uiteindelijk een verbond wisten te sluiten. De familie Rock... ik bedoel, de zwarte heksen behielden hun bovennatuurlijke krachten, maar alleen als ze direct de vortex en Westwick Corners zouden verlaten. Ze hielden hun belofte en vertrokken diezelfde avond nog. Dat was meer dan vijftig jaar geleden."

"Dus de zwarte heksen moesten vertrekken, maar hielden wel hun magische krachten, maar wij zouden ze nu dan kwijtraken? Dat klinkt niet heel eerlijk." Ik vroeg me af wat onze verplichting was.

Stilte.

"Ach, het is al zo lang geleden," zei Mam quasi vrolijk. "Ze zijn tot nu toe nog nooit teruggekomen."

"Omdat we ze nooit getergd hebben door hun huis te verhuren, Ruby."

Mam haalde haar schouders op. "Ze waren verbannen. Wat hadden ze nog aan dat huis? Ze hadden het moeten verkopen."

Oma Vi straalde een rode gloed uit van boosheid. "Dat huis is voor altijd van hen en niet van jou. En dankzij het verbond konden ze een vloek uitspreken over onze familie, die wordt geactiveerd zodra we voet zetten op hun terrein of proberen om de absolute macht over te nemen. Daarom staat hun huis nog altijd leeg, zodat ze er weer in kunnen wanneer ze ooit terugkeren. Zodra we het verbond verbreken, zullen ze terugkomen. En dan zullen wij worden verbannen."

De liefde van mijn leven, mijn bedrijf en mijn ziel waren verbonden aan Westwick Corners. De gedachte dat ik Tyler, mijn krant en het enige thuis dat ik had gekend zou moeten achterlaten vervulde me met angst. Ik zette de gedachte uit mijn hoofd. Ik moest onmiddellijk proberen om Mam en waar ze ons in had meegesleept te stoppen.

Mam keek opzij naar mij. "Het Rocklin Huis is zo'n prachtige villa. Natuurlijk moet er veel aan worden verbouwd, maar als we onze handen uit de mouwen steken, dan..."

"Ruby! Houd je ogen op de weg!" riep Oma Vi toen we weer over de middenlijn reden en er net een vrachtwagen met oplegger ons denderend tegemoet kwam.

De truck toeterde en week uit voor ons.

Ik greep het portier vast en zette me schrap voor de botsing.

Mam vloekte, stuurde terug naar haar eigen baan en verminderde vaart.

Nu de botsing was voorkomen draaide ik me om, om te zien hoe het achterin met Oma Vi ging.

Oma Vi's aura had nu een donkerpaarse kleur. Duidelijk overstuur stamelde ze wat korte zinnetjes. "Onze familie stevent af op een ramp. Tenzij jij kinderen krijgt, maar tot die tijd... Nou ja, de familie West is van jou afhankelijk, Cen. We kunnen de lijn van de familie West toch niet laten uitsterven?"

Waarom had mijn broer Alan nou nooit last van dit soort verplichtingen? Het leek wel alsof hij altijd overal mee wegkwam. Hij woonde lekker zorgeloos in Engeland, in Londen. Oké, hij was vrijgezel en had geen behoefte aan kinderen. Bovendien was hij een man en daarom had hij niet de tovereigenschappen die de vrouwen in de familie West wel hadden. Maar toch, hij leek overal onderuit te komen.

Bleh. Ik moest ophouden om medelijden te hebben met mezelf.

Maar, soms was het zijn van een heks al een vloek op zich. Het was wel duidelijk welke voordelen er zaten aan tovenarij, maar je had er zelden iets aan. Niemand had het over de regels waar we ons iedere dag aan moesten houden. "Zijn er nog andere manieren om ons te... eh... laten verdwijnen? Kunnen ze ons doden?"

"Niet direct," zei Oma Vi. "Maar het reactiveren van de vloek zal hetzelfde resultaat hebben, namelijk met de dood tot gevolg voor ons allemaal. Voor de laatste keer, Ruby, keer om! Een stap over de drempel van dat Rocklin huis en we tekenen ons eigen doodvonnis."

"Nee," zei Mam. "De strijd heeft ons ook veel goeds opgeleverd. Hierom is de WICCA opgericht. Daarvoor was het een soort wild-west, zonder enig bestuur en ook zonder grondwet en wetten waar we ons aan moesten houden."

"Als we onze belofte verbreken wordt de vloek geactiveerd, Ruby. De zwarte heksen willen en zullen terugkomen om wraak te nemen. Ze zullen ons allemaal te gronde richten en jou ook, Cen."

"Maar ik was nog niet eens geboren toen dit allemaal plaatsvond!"

Oma Vi zwaaide afkeurend met haar hand. "We hebben allemaal te lijden van de keuzes die de generaties voor ons hebben gemaakt, Cen. Het is niet eerlijk, maar ze zullen ons een voor een tegen elkaar opzet-ten. En dat zal zo geleidelijk gebeuren dat we het niet eens doorheb-ben, totdat het te laat is."

Een angstig gevoel bekroop me. "Zoals nu, met het geruzie van jou en Mam? Misschien gebeurt het al." Alles waar Mam nu mee bezig was, paste totaal niet bij haar.

"Inderdaad, Cen. Probeer het tot je moeder door te laten dringen. Het is nog niet te laat voor een terugdraaispreuk, maar dan moeten we dat met elkaar doen, ook met tante Pearl erbij." Duidelijk van streek zweefde Oma Vi terug naar de achterbank.

"Mam, misschien heeft Oma Vi gelijk. Laten we de terugdraai-spreuk doen." Ik keerde me om naar Oma Vi en haar aura was nu weer bijna doorzichtig. Zo veel onenigheid was te veel voor haar.

Stilte.

Het leek er niet op dat Mam luisterde. We gingen naar het Rocklin Huis en er was geen weg meer terug.

* * *

Mam stopte de auto vlak voor een groot ijzeren hek dat de toegang van de oprit naar het Rocklin Huis blokkeerde. In het midden van elk segment was een versierde 'R' aangebracht, voor de familie met de naam die niet uitgesproken mocht worden, vermoedde ik.

Ze draaide zich naar me om. "Nou, wat vind je ervan?"

Vloek of geen vloek, ik kreeg koude rillingen van deze plek. Maar ik had geen zin in discussies, dus ik zei maar: "Het ziet er heel stijlvol uit."

Ondanks dat ik al zo vaak langs het huis was gereden, had ik nooit echt verder gekeken dan het drie meter hoge hek, dat nauwelijks nog zichtbaar was geweest onder een dikke laag braamstruiken en klimop, die het hek in een dodelijke wurggreep hadden gehad. Maar nu waren alle struiken weg en het hek was voorzien van een nieuw laagje zwarte verf. Boven op het hek stonden twee bewakingscamera's, die iedereen registreerden die het hek of de toegangspoorten naderde.

Aan weerskanten van het toegangshek stonden twee coniferen van drie meter hoog en potten met bloeiende viooltjes. Hier had Mam duidelijk de hand in gehad met haar magie, ook al had ze blijkbaar geen tijd of zin meer gehad om te zorgen dat de van een nieuwe laag asfalt voorziene oprit ijsvrij was. Zo in februari paste de ijzige oprit helemaal bij de sfeer hier.

Wat er ook allemaal voor geheimen achter het afgesloten hek schuilgingen; ze zouden nog even moeten wachten, want Mam was kennelijk de sleutel vergeten. Ze vloekte binnensmonds terwijl ze het raampje aan de bestuurderskant liet zakken en sprak zachtjes een toverspreuk uit.

Terwijl we door de toegangspoort reden, kreeg ik een knoop in mijn maag. Mijn ene helft wilde uit de auto springen en hard wegrennen, maar de andere helft was toch wel erg nieuwsgierig naar het mysterieuze Rocklin Huis. Als de vloek tegen onze familie echt was, dan was die waarschijnlijk al geactiveerd zodra Mam bij haar eerste bezoek aan het Rocklin Huis de drempel over was gestapt. Het was nu dus toch al te laat om ermee te stoppen. Ergens had ik nog een beetje hoop dat dit verhaal helemaal verzonnen was door Oma Vi om Mams laatste zakelijke plannen in de kiem te smoren. Maar, waarom zou ze dat doen? De vloek zou toch geen vat kunnen krijgen op Oma Vi; zij was toch al een geest.

Of misschien wel?

Het was in de eerste plaats al vreemd dat Oma Vi met ons was meegereden. Ik kon me maar één andere situatie herinneren waarbij ze, sinds ze een geest was geworden, het huis had verlaten en dat was omdat onze levens op het spel stonden. En dat was nu misschien ook zo, als het waar was wat ze zei. Ik rilde bij de gedachte. Ik had nog zo veel vragen, maar als ik ze hardop zou stellen zou dat alleen maar weer ruzie opleveren, dus ik hield mijn mond, terwijl we verder reden over de lange oprijlaan.

We gingen een bocht om en ik zag een steil, schuin dak. Aan de hoogte te zien, had het huis zeker drie verdiepingen.

Ik probeerde me voor te stellen hoe de kamers eruitzagen, plotseling achtergelaten door bewoners die nooit meer terug zouden keren. Door jaren van verwaarlozing zouden ze vol zitten met spinnenwebben en stofrag, de ooit nieuwe meubels vaal en stoffig. Mam zou er met haar toverspreuken zeker wel weer een mooi huis van maken, klaar voor de verhuur. Als de vloek niks voorstelde, had ze ook niet zo geheimzinnig hoeven doen, toch? Maar tante Pearl en Oma Vi waren duidelijk allebei bang. En dat baarde me wel zorgen, want ze waren het zelden samen ergens over eens.

De oprijlaan maakte weer een bocht en opeens kregen we vol zicht op het huis. Het imposante en vorstelijke huis telde drie verdiepingen en was gebouwd in klassieke stijl. De gezandstraalde voorzijde was voorzien van grote witte zuilen en over de hele breedte van het huis liep een veranda. Naast de dubbele toegangsdeuren bevonden zich grote openslaande ramen. En om de symmetrie compleet te maken, stonden er naast de ingang twee potten met in spiraal gesnoeide groenblijvende planten.

Zelfs de tuinen zagen er ondanks de winter spectaculair uit. De struiken langs de oprijlaan waren gesnoeid in de vorm van beren, adelaars en andere beesten. Naast de formele uitstraling van het huis deed het ontwerp van de tuin ietwat vreemd aan. Alles was bedekt met een dun laagje sneeuw. Het huis had een glamourachtige en hippe uitstraling, maar was tegelijkertijd ook mysterieus. Het oude landhuis was compleet gerestaureerd, alles was weer nieuw, en het zou niet misstaan hebben in de *VT Wonen*.

Alle renovaties en verbeteringen waren ongetwijfeld het resultaat geweest van Mams magie en niet van hardwerkende aannemers. In tegenstelling tot tante Pearls frivole en soms wraakzuchtige gebruik van hekserij, leverden de toverspreuken van Mam meestal praktische en vaak prachtige resultaten op. Ik kan me van vroeger nog wel een paar magere jaren herinneren, waarin ons bestaan altijd afhing van Mams praktische toverkunsten.

"Is het niet schitterend, Cen? En het is van ons." Mam zuchtte tevreden toen ze de auto op de cirkelvormige oprit achter een witte Mercedes SUV parkeerde.

"Hoe bedoel je, van ons? Je zei toch dat je het een week had gehuurd?"

"Nee, dat heb je dan verkeerd begrepen. Ik zei dat we gasten hadden voor een week. Ik heb het huis voor een appel en een ei gekocht. Maar, beloof me dat je niets tegen Pearl zegt, want die is al kwaad genoeg op me."

"Heb je het van de Rocklins gekocht?" Als de verkoper en koper het met elkaar eens waren, dan was er misschien geen sprake van een vloek.

"Eh... het is helemaal legaal. Ik ben eigenaar van het pand."

"Maar, Mam, hoe zit het dan met de Rocklinvloek? Je hebt dit gekocht zonder ook maar met iemand van ons te overleggen."

"Ik heb het helemaal van mijn eigen geld gekocht, Cen. Ik zie geen reden waarom ik iemands toestemming daarvoor nodig zou hebben."

"Vanwege de vloek, Mam, die gaat ons toch allemaal aan?"

Mam lachte nerveus. "Jij gelooft al die nonsens toch zeker niet, of wel?"

"Vloek of geen vloek, hoe gaan we dit allemaal runnen? Dit huis is zelfs nog groter dan onze B&B en het is ook niet naast de deur, maar kilometers buiten het dorp." Ik kon er echt niet nog meer werk bij hebben, mijn dagen waren al vol genoeg.

Mam draaide zich naar me om. "We hebben het er nog wel over.

Eerst ga je kennismaken met onze speciale gasten; ze zijn gisteravond laat gearriveerd. Je gaat het echt zo geweldig vinden! Ze zijn beroemd en erg gesteld op hun privacy, dus je moet me beloven dat je hun verblijf hier geheim houdt."

"Wie zijn het dan?" Waarom zou iemand, laat staan iemand die rijk en beroemd is, in vredesnaam midden in de winter naar Westwick Corners komen voor een vakantie? Nou ja, misschien zat er nog wel een artikel in.

"Je komt er snel genoeg achter. Kom maar mee." Ze deed het portier open en stapte uit de auto.

Ik nam de muffinmand mee en liep over de oprijlaan achter Mam aan naar de voordeur. Toen we bijna bij de deur waren, zwaaide hij open.

Ik kon mijn ogen niet geloven.

HOOFDSTUK 4

am greep me bij mijn arm en fluisterde opgewonden:
"Onze gasten zijn Steve en Serena McCoy, het popu-
lairste stel van Hollywood!"

Ik bleef stokstijf staan en hield mijn adem in. Hun realityserie '*The
Real McCoys*' had op dit moment de hoogste kijkcijfers. Ook al keek ik
er zelf nooit naar, ik herkende het stel direct. Hun gezichten zag je
overal: in reclamefilmpjes, roddelbladen, op social media. Het was
onmogelijk om ze *niet* te zien.

Toen ik mezelf weer in de hand had, vroeg ik: "Waarom kozen ze
midden in de winter voor Westwick Corners? We zitten hier niet echt
aan de Riviera en het Rocklinhuis is ook niet bepaald het Waldorf
Astoria."

"Ze zochten iets anders, Cen, namelijk rust en privacy."

Dat klonk eigenlijk wel logisch. Steve McCoy had miljoenen
verdiend als sluwe advocaat, die zelfs achter ambulances aanreed om
cliënten te winnen. Hij won rechtszaken over fraude waar miljoenen
in omgingen. Serena had zelfs nog meer verdiend met de cosmetica,
parfum en kleding van haar eigen merk. Dankzij hun realityshow
waren ze alleen maar succesvoller geworden.

Ze haalden alles uit het leven, maar hadden heel vaak ruzie.

Mensen kregen maar geen genoeg van het volgen van hun conflicten. In hun relatie was het vaker oorlog dan vrede en alle aspecten van hun levens werden uitgebuit. Ik vermoedde dat ze nu een aflevering wilden maken naar aanleiding van Valentijnsdag.

Er waren maar weinig dagen in het jaar die zo veel romantiek teweegbrachten als Valentijnsdag. Een stel uit een real life show met een stormachtige relatie was het perfecte recept voor mensen die hun eigen ellende even wilden vergeten. Ik stelde me voor hoe ze het zouden doen: Serena zou een geweldig valentijnscadeau verwachten, maar Steve zou het dan vergeten en...

"Cen! Wordt wakker!" Mam trok hard aan mijn arm.

"Au!" Ik probeerde mijn arm los te trekken en voelde mijn schouder kraken. Door de pijn was ik meteen weer bij mijn positieven.

"Gaat het goed hier?" Tegen de met overvloedig houtsnijwerk gedecoreerde eikenhouten deur stond een adembenemend mooie vrouw geleund, met haar asblonde haar gebonden in een paarden-staart. Serena McCoy droeg een lange angora trui tot over haar heupen, een verwassen spijkerbroek en donzige witte pantoffels. Ondanks dat ze er casual uitzag, had ze een bepaald charisma, een krachtige uitstraling die ik niet helemaal kon plaatsen. Voor het eerst maakte ik kennis met een echte diva. Deze diva-betovering leek net zo magisch als hekserij.

Ik had mezelf weer in de hand en knikte, nog steeds sprakeloos.

"Ruby, ik ben zo blij dat we jou gevonden hebben. We vinden het hier geweldig!" Serena klapte in haar handen en glimlachte. Ze deed een stap naar achteren en legde een hand op de bewerkte deur, waarna haar vingers over het uitgebreide houtsnijwerk van rozen en blaadjes gleden. "Dit is echt een heel bijzondere plek."

Mam straalde. "Jullie zijn onze eerste gasten hier. Oh, dit is mijn dochter, Cendrine. Ik hoop dat jullie het niet erg vinden dat ik haar heb meegenomen. Ze werkt ook in het familiebedrijf."

Ik deed mijn mond open, maar ik was nog steeds te veel in de ban van deze ster om iets te kunnen zeggen. In Hollywood wemelde het van de knappe mensen, maar hun uiterlijk kwam van een berg stylisten en make-up artiesten, die hun werk allemaal achter de schermen uitvoerden. Bewerkte foto's, beter licht en wat creativiteit tijdens opnames verhulden het feit dat filmsterren eigenlijk veel minder knap waren, en kleiner en dikker.

Serena leek hier toch de uitzondering op te zijn. Ze was in het echt nog veel knapper en mooier, ook zonder een spoortje make up. Haar doordringende smaragdgroene ogen contrasteerden mooi met haar stralende zongebruinde huid.

"Er gaat niets boven samenwerken met familie, en er is ook niets erger dan dat," lachte Serena, waarbij ze een stralend wit gebit liet zien. Ze stapte opzij en gebaarde dat we binnen mochten komen. "Dames, kom toch binnen, die kou uit."

We stapten naar binnen in een ruime hal met een marmeren vloer. Aan de linkerkant in de hal bevond zich een brede eiken trap, net zo versierd met het houtsnijwerk van rozen en bladeren als de voordeur. Of deze stijl nu Art Deco was of Art Nouveau, geen idee, maar ik herkende wel duidelijk de stijl van Mam. De trap leidde naar een lange, open vide waarvandaan je de hele hal kon overzien.

Aan de andere kant van de hal was de toegang tot een grote woonkamer met een enorme stenen open haard. De schoorsteenmantel had weer hetzelfde motief van rozen en bladeren. Hier was rijkelijk gestrooid met hekserij, zodat het verlaten landhuis er als gloednieuw uitzag, van de glanzende marmeren vloeren tot de schitterende kristallen kroonluchters. Er was geen spinnenweb of stofragje te zien. Best vreemd voor een huis dat tientallen jaren leeg had gestaan.

"Het is zo heerlijk om na acht lange maanden filmen eindelijk even te kunnen ontspannen," zei Serena, terwijl ze met een glimlach de deur achter ons dichtdeed. "Niet dat ik klaag, hoor. Zeven jaar geleden was ik nog serveerster bij Nate's Pannenkoekhuis." Het verhaal van Serena leek wel wat op dat van Assepoester. Ze weigerde ooit om een fooi van tienduizend dollar aan te nemen van een klant. Dat verhaal werd opgepikt door de media en de rest is geschiedenis. Diezelfde dag nog eindigde haar baan als serveerster bij het wegrestaurant, waarna ze allerlei contracten aangeboden kreeg als model voor kleding en cosmetica, maar ook als actrice.

Niet lang daarna ontmoette ze Steve en werd ze een ster in hun realityserie.

"Je bent echt mijn grote voorbeeld," bloosde Mam. "Ik vind jullie serie helemaal geweldig."

Serena stak haar arm uit en wees om zich heen. "En ik vind al jouw speciale details geweldig, Ruby. Wie is je interieur-stylist?"

Mam straalde weer. "Ik heb het allemaal zelf gedaan. Het is echt het perfecte huis voor jullie, heel rustig en afgelegen, zodat jullie alle privacy hebben die jullie wensen. Alles waar jullie om gevraagd hebben is er, zelfs het buitenzwembad."

Serena zag mijn bedenkelijke blik en zei: "Je zal wel denken dat we gek zijn om buiten te willen zwemmen in februari, maar Steve stond erop. Hij wil iedere dag zijn baantjes kunnen trekken en hij zegt dat buiten zwemmen in de winter heel verkwikkend is."

Ik zou dat niet zo durven noemen, maar ja, ik vind verwarmde binnenzwembaden ook veel te koud. Buiten zwemmen in februari zou me een hartaanval bezorgen.

Mam duwde me naar voren. "Had ik al gezegd dat Cen journaliste is? Toevallig schrijft ze een artikel over jullie serie en ik dacht…"

Serena keek naar me en lachte haar perfect witte tanden bloot. "Eigenlijk heb ik wel een nieuwtje. Misschien ben jij wel de eerste die het hoort."

Ik wilde wat zeggen, maar hield me in. In plaats daarvan overhandigde ik de mand aan Serena. Ik had een hartig woordje te wisselen met Mam, maar niet waar gasten bij waren.

Serena nam de mand aan en snoof. "Ruik ik bananenmuffins?"

Mam glom en knikte. "Vers uit de oven!"

Serena trok de doek waarmee de mand was bedekt eraf, pakte een muffin en nam een hap. "Mmmm… zalig!"

"Morgen neem ik er nog meer mee," zei Mam. "Als je het tenminste niet al te storend vindt."

"Nee hoor, dat is prima," zei Serena. "De showbusiness is heel spannend en zo, maar we zijn echt toe aan wat rust. Daarom hebben we ook een hele week geboekt. Nu kan ik je ook wel mijn geheimpje vertellen. Ze boog naar ons toe en fluisterde op samenzweerderige toon: "Steve en ik willen er een speciale Valentijnsdag van maken dit jaar. We hebben besloten om hier onze huwelijksgeloften te vernieuwen."

Mam sloeg haar hand voor haar borst. "Ooh, dat is zo romantisch! Maar dan heb je ook bloemen nodig, champagne en een taart. Ik regel alles. Heb je verder nog catering nodig?"

Serena schudde haar hoofd. "Meer eten en drinken is verder niet nodig. We willen de ceremonie klein en intiem houden. Maar bloemen zouden erg fijn zijn."

"Wordt geregeld," zei Mam.

Het Rocklin Huis leek eigenlijk meer geschikt voor een enorme galabruiloft dan voor een intieme ceremonie. Zelfs Mams magische verbeteringen konden het enorme landhuis niet heel gezellig maken, laat staan knus. Aan de andere kant was het huis veel kleiner dan het huis uit Serena's televisieserie, dus waarschijnlijk vond ze het daarom knus. En, dat moest ik toegeven, het zag er echt allemaal prachtig uit.

De ceremonie om hun trouwgeloften te vernieuwen zou vast en zeker een aflevering worden van hun realityserie en hoe kon het ook anders. Dit stel beleefde hun hele relatie via het scherm, met veel ruzies en terwijl ze het continu oneens waren. Ik hoopte maar dat Mam een waarborgsom van hen had ontvangen, want in *The Real McCoys* was niets te gek. Of het nu om de televisieserie ging of hun echte leven, het was wel een primeur en daarom een artikel waard.

"Oh ja, nog één ding," zei Serena tegen mij. "Ik heb een fotograaf nodig. En ik heb een voorstel: jouw krant krijgt de exclusieve primeur voor dit verhaal, in ruil voor een paar foto's. Jouw fotograaf kan dan voor ons allebei werken."

"Ik heb alleen geen fo..."

Mam onderbrak me. "Cen heeft een heel goede fotograaf. Hij heeft hier in de omgeving al verschillende prijzen gewonnen voor zijn werk."

"Fantastisch." Serena maakte een goedkeurend gebaar. "Wat de bloemen betreft: misschien een paar vazen voor de woonkamer en dan een boeketje voor mijzelf."

Mam stak haar duim op en zei: "Ik kom snel terug met wat ideeën voor de bloemen zodat je een keuze kunt maken."

Serena zette grote ogen op: "Je werkt echt zo efficiënt! Ik ben echt heel blij dat ik jullie en deze heerlijke plek gevonden heb."

In de hal klonken voetstappen waardoor mijn paniekgevoel nog heviger werd.

"Schat, heb jij mijn leesbril gezien?" Steve McCoy kwam de kamer binnen.

Ondanks het koude februariweer droeg hij een shirt met korte mouwen, een bermuda en slippers. Hij was duidelijk ouder dan Serena; een gedrongen, maar fitte man met kortgeknipt grijs haar. Toen hij ons zag, stond hij meteen stil. "Sorry, ik wist niet dat we bezoek hadden."

"Dit zijn de eigenaren van het huis, Steve. Ruby West en haar dochter Cendrine. Ik denk dat je leesbril op het aanrecht in de keuken ligt."

Nadat we handen hadden geschud, legde Steve zijn arm om Serena's middel en trok haar dichter naar zich toe. Hun genegenheid leek echt en was in groot contrast met hun geruzie en vijandigheid op het scherm. Maar als alles pais en vree was geweest, dan was dat niet goed voor de kijkcijfers en realityseries moesten het echt hebben van de ruzies en bovendien werd alles overdreven.

Serena liet haar muffin omhoog. "Je moet deze muffin van Ruby eens proeven, Steve."

Steve plukte een stukje van de muffin af en zei tegen Mam: "Hij ruikt geweldig. Heeft Serena al verteld over onze plannen om onze huwelijksgeloften te vernieuwen?"

Mam glimlachte. "We zullen zorgen dat het een onvergetelijke dag wordt. Oh ja, Serena, als je nog een jurk nodig hebt, dan hebben we een heel leuk klein winkeltje bij ons in het dorp: Bunny's Key to Fashion."

Waar ik ook mijn valentijnsjurk heb gekocht. Die ik niet meer dichtgeritst krijg.

De laatste aflevering van hun realityserie was geëindigd met een cliffhanger, waarbij Steve en Serena op weg waren naar de rechtbank om hun scheiding te regelen. Een enorme tegenstelling vergeleken met het verliefde stel dat nu voor onze neus stond. Die huwelijksgeloften waren natuurlijk verzonnen als plottwist. Een op handen zijnde scheiding levert net zulke hoge kijkcijfers op als een verzoening. Ook dat zou weer een sappige aflevering opleveren.

Serena leunde tegen Steve aan. "Ik heb het hier erg naar mijn zin. Misschien kunnen we hier wel langer blijven."

Steve had zijn muffin op en nam een andere uit de mand, waarvan hij een kleine hap nam. "Heerlijk," zei hij genietend. "Kan ik het recept krijgen, of is dat een familiegeheim?"

"Bak je zelf ook?" Eindelijk had ik mijn stem weer terug.

"Af en toe, als ik tijd heb. We hebben niet veel vrij tijdens het filmen. Op zich is dat wel goed, want anders zou ik nog steeds die extra twintig kilo met me meesjouwen die er vóór de serie nog aan zat, nietwaar schat?"

Serena lachte. "Steve volgt niet alleen een strikt dieet, maar hij traint ook volgens een streng regime. Iedere dag vijftig baantjes, in een ijskoud buitenzwembad."

Steve bloosde. "Ik ben vandaag al twee uur te laat! Normaal lig ik om 8 uur 's-ochtends al in het zwembad. Deze plek is zo ontspannend dat ik het lastig vind om mezelf te motiveren."

Mam straalde. "We houden jullie niet langer op. Ik kom snel terug met wat opties voor de bloemen en als je verder nog iets nodig hebt, dan bel je maar."

We wilden net weggaan toen we een luide mannenstem hoorden vanaf de eerste verdieping. "Doe die verdomde deur dicht, het is hier ijskoud!"

Jason, de zoon van Steve uit een vorig huwelijk, keek naar ons vanaf de overloop. Hij was onlangs uit de serie geschreven na een speciale interventie-aflevering, omdat hij drugs zou dealen en verslaafd zou zijn. Of Jasons rol als drugsverslaafde dealer in *The Real McCoys* nu echt of nep was, dat wist ik niet. Maar in het echt was hij in ieder geval net zo arrogant en onbeleefd.

Steve's gezicht verstarde. Met zachte stem zei hij: "Negeer Jasons botte gedrag. Hij is, wederom, uit de afkickkliniek gezet. Hij kan nergens heen en is diep ongelukkig."

"De nieuwe huwelijksgeloften zijn nog een verrassing," fluisterde Serena. "We vertellen Jason nog niets, want we zijn bang dat hij anders de boel verpest."

"Wij zeggen niets," zei ik, een tikje gegeneerd omdat we betrokken werden in dit familiedrama.

Jason stampte de trap af en stopte op een paar treden vanaf de grond. "Wie zijn dit? Jullie zeiden zelf dat we geen bezoekers wilden hebben."

Mam en ik wierpen elkaar een ongemakkelijke blik toe. Het was vreemd dat iemand het over je had alsof je er niet bij was.

Serena gaf antwoord. "Dit zijn onze gastvrouwen, Ruby West en haar dochter Cendrine. Zij zijn de eigenaren van dit huis."

Jason keek even vluchtig naar Mam en verplaatste zijn aandacht vervolgens naar mij. Zijn ogen gleden over mijn lichaam en bleven iets te lang hangen onder mijn hals. "De afwerking kan beter."

Had hij het over mij of over het Rocklin Huis? Hoe dan ook, het was nogal een belediging. Ik moest mezelf inhouden om niet een opmerking te maken waar ik later spijt van zou krijgen.

"Nog een beetje leuk uitgaan in dit dorp?" Jasons ogen bleven op mij hangen terwijl hij een muffin uit de mand greep die Serena nog vasthield. In twee happen had hij de muffin op en gooide het papier in de mand voordat hij zijn handen aan zijn spijkerbroek afveegde.

"Het enige wat open is, is de Witching Post, aan de andere kant van het dorp." Ik had geen zin in nog meer beledigende opmerkingen, dus ik vertelde maar niet dat wij ook daarvan de eigenaren waren. Het rustieke café zou zeker niet voldoen aan Jasons hoge eisen, en dat was misschien maar goed ook. Eén bezoekje en hij zou vast niet terugkomen.

"Witching Post? Zo'n stomme naam heb ik nog nooit gehoord." Jason wrong zich tussen Mam en mij door en raakte daarbij hard mijn schouder waardoor ik mijn evenwicht verloor.

"Au!" Ik struikelde en viel met mijn schouder tegen de muur aan.

Ik had mijn evenwicht weer snel terug, maar mijn schouder deed enorm pijn.

Jason had niks door, of het boeide hem niet. Hij smeet de voordeur zo hard open dat deze met een knal tegen de muur aan sloeg. Hij deed geen moeite om hem achter zich dicht te doen.

Zwijgend keken we toe hoe Jason het trapje bij de voordeur af stormde naar de oprit, waar een gloednieuwe rode Porsche stond, met een deuk in de voorbumper. Even hield hij stil bij het portier en staarde uitdagend naar ons.

Alsof hij probeerde uit te lokken dat iemand hem tegen zou houden.

"Daar gaan we weer," zuchtte Steve.

Jason opende het portier en stapte in. Hij startte de motor, waarna de stereo-installatie muziek op hoog volume door de open autodeur liet schallen.

Steve liep naar buiten door de voordeur en probeerde de luide muziek te overstemmen: "Waar ga je heen, Jason?"

"Ik heb nog even iets te doen." Jason liet de motor brullen.

"Je bent al zo ver gekomen, Jason, verpest het nu niet," riep Steve naar hem.

Jason liet de motor nog eens loeien voordat hij de versnelling in z'n achteruit zette en naar achteren reed. Hij reed over de cirkelvormige oprit en stopte bij de voordeur. Het raampje ging naar beneden en Jason schreeuwde boven de ronkende motor uit: "Het is mijn leven. Ik doe verdorie waar ik zelf zin in heb!" Hij zette de muziek nog harder. Uit de speakers brulde harde heavy metal muziek.

De banden van de Porsche piepten toen hij het gaspedaal diep indrukte en over de oprijlaan wegscheurde.

Jasons uitbarsting maakte ons duidelijk dat niet alles uit de televisieserie van de McCoys nep was. Zelfs op vakantie konden ze niet ontsnappen van dit familiedrama. Waarschijnlijk was hun keuze voor ons afgelegen dorp heel bewust geweest, zodat niemand hun ontwrichte familie van dichtbij te zien kreeg.

Mam verbrak de pijnlijke stilte. "Maak je geen zorgen, wij zeggen niets. We zullen jullie privacy nooit schenden."

Steve lachte nerveus. "We hebben onze privacy al opgeofferd toen we zijn begonnen met de realityserie. Iedereen weet alles van ons gezin. Maar toch... zulke momenten zijn soms wel heel genant."

Serena knikte instemmend. "Soms vraag ik me wel eens af of de serie niet de oorzaak is van Jasons problemen. Dit was al zijn vijfde verblijf in de afkickkliniek. Opgroeien als beroemdheid is moeilijk en daarom zoekt hij zijn heil in drugs. We doen alles wat we kunnen om hem te helpen, maar hij zal eerst zichzelf moeten helpen."

"Jason heeft altijd alles gehad wat zijn hartje begeerde," zei Steve. "En toch maakt hij zichzelf kapot."

Ik voelde me een beetje schuldig. "Sorry dat ik over het café begon. Maar in ons dorp zul je gelukkig geen drugs vinden."

Serena zuchtte. "Drugs zijn overal, zelfs in dit kleine dorp. En Jason zal het vinden ook, dat staat vast. Dat is iets wat ik de afgelopen zeven jaar wel geleerd heb. Gelukkig hebben we niet die nog duurdere Porsche voor hem gekocht, die hij eigenlijk wilde hebben. Deze had hij binnen een week al in de prak gereden en nu verwacht hij van ons dat wij de schade betalen. Hij heeft een drugsprobleem dat hij niet in de hand heeft en de helft van de tijd komt hij niet eens opdagen als we aan het filmen zijn, dus waren we genoodzaakt om hem uit de serie te laten schrijven."

"En al die keren in de afkickkliniek hielpen niet?" vroeg Mam.

Serena schudde haar hoofd. "Het gaat dan een tijdje goed, maar hij krijgt altijd een terugval. En nu weigert hij nog te gaan. We kunnen hem niet helpen als hij zelf niet wil. Eigenlijk weten we niet meer wat we nog kunnen doen."

Als Serena en Steve Jason echt wilden helpen afkicken, dan was het op televisie uitzenden van al zijn problemen misschien niet de verstandigste manier. Familieproblemen waren dan wel goed voor de kijkcijfers, maar de uitzendingen zorgden niet bepaald voor onderling vertrouwen. Ergens had ik wel een klein beetje medelijden met Jason.

Serena was Jasons stiefmoeder, maar ze was nauwelijks tien jaar ouder dan hij. Volgens geruchten was Jason heel erg kwaad geweest toen Steve met Serena trouwde, nog geen jaar nadat zijn moeder bij een ongeluk om het leven was gekomen.

Mam schraapte haar keel en zei met een gemaakt vrolijk stemme-
tje: "We hebben nog zóveel te doen, we moeten nu echt gaan, Cen."

Weer terug in de auto vroeg ik: "Waarom zou je je huwelijksgeloften willen vernieuwen, Mam, wat is daar het nut van?"

Mam stak de autosleutel in het contact en startte de auto. "Zo
bevestigen ze hun verbintenis met elkaar opnieuw. Soms doen
mensen het na een wat mindere periode, of om een mijlpaal te vieren,
bijvoorbeeld wanneer ze tien jaar getrouwd zijn. Of misschien hadden
ze bij hun trouwen geen mooie ceremonie. Kun je je aflevering drie
nog herinneren? Steve en Sarina hadden het zo druk met het filmen
van hun televisieserie dat ze geen groot bruiloftsfeest hadden, maar
alleen een kleine ceremonie op de trappen van het gemeentehuis."

Ik lachte. "Jij weet echt veel te veel over deze mensen, het lijkt wel
een obsessie!"

Mam haalde haar schouders op en zette de auto in de eerste
versnelling. "Ik geloof in een happy end, Cen. Ik geloof gewoon niet
dat de Rocklinvloek bestaat. Luister niet naar Pearl en Oma Vi, want
er ligt nog een mooie toekomst voor ons."

"Je bedoelt 'geen toekomst'," bitste Oma Vi vanaf de achterbank.

"Over de toekomst gesproken, hoe kom ik aan een fotograaf?"
vroeg ik.

"Tante Pearl heeft net een nieuwe camera," zei Mam. "Ze zou hier
perfect voor zijn!"

Ze zou een drama zijn. Wat, op de een of andere manier, ook
perfect zou passen in een aflevering van The Real McCoys.

HOOFDSTUK 5

Ik wreef met mijn vinger over de gesmolten volumeknop van de autoradio en vroeg me af of de McCoys goed of slecht nieuws voor ons waren. Mam staarde recht voor zich uit terwijl we terugreden door het dorp, met beide handen om het stuur geklemd. Oma Vi zat pruilend op de achterbank. Door haar toverspreuk was de brand wel gedoofd, maar de radio deed het niet meer. Er hing een ongemakkelijke stilte. Om Mam een plezier te doen overwoog ik om met een toverspreuk de autoradio weer te repareren, maar waarschijnlijk zou het alleen maar leiden tot een nieuwe ruzie.

In plaats probeerde ik te bedenken wat ik over de McCoys wilde schrijven. Als het artikel over het vernieuwen van de huwelijksgeloften zou gaan, zou het moeten beginnen met het feit dat de sprookjesachtige romance tussen Steve en Serena weer was opgebloeid. Hoe mijn artikel dan verder zou gaan, hing af van twee scenario's: of de hele ceremonie was echt, of het was alleen een nepverhaal voor de realityserie op tv. Dat zou ik pas zeker weten als ik de ceremonie zou zien, maar eigenlijk maakte het niet veel uit. Het grootste deel van het artikel zou achtergrondinformatie zijn over de realityshow en de rest zou ik later wel invullen.

Als het vernieuwen van de geloften echt was, dan zou ik een positief verhaal schrijven dat contrasteerde met hoe vijandig ze op televisie tegen elkaar waren. Als het slechts een in scene gezette ceremonie was, dan zou het verhaal zichzelf schrijven. Ik hoefde dan alleen maar te kijken naar wat er gebeurde en simpelweg verslag doen van alle beledigingen en negativiteit.

Het artikel had zich in grote lijnen in mijn hoofd gevormd en ik kon niet wachten om eraan te beginnen. Maar eerst moest ik nog een laatste controle doen voor de editie van Valentijnsdag. De Rocklin-vloek leek nu meer fictie dan werkelijkheid, want vandaag had ik alleen nog maar geluk gehad.

Toen Mam eindelijk de lange, bochtige weg die naar de B&B boven op de heuvel leidde had afgelegd en de auto op de oprit zette, zakte me de moed in mijn schoenen. De rode Porsche van Jason stond bij de Witching Post Bar & Grill geparkeerd naast een grote witte bestelbus en een vrachtwagen. Deze tijd van het jaar stonden hier zo halverwege de ochtend meestal nog niet veel auto's. Misschien waren er wat bouwvakkers gestopt voor een vroege lunch.

Gelukkig stond Lucky vandaag achter de bar en niet tante Pearl. Hoe minder tante Pearl in contact kwam met anderen, hoe beter. Helemaal als het ging om iemand met zo'n slecht humeur als Jason McCoy.

Ik haastte me achter Mam aan die naar de B&B liep. "Tante Pearl kan de fotograaf toch niet zijn; je weet dat ze geen voet over de drempel zet op Rocklinterrein."

Mam draaide zich met een ruk om, hief haar armen de lucht in en snauwde: "Dat klopt, dat was ik even vergeten. Maar wie dan, Cendrine? Weet jij het? Ik kan echt niet alles zelf doen!"

"Eh… misschien kan Lucky het doen?" Ik kromp ineen bij Mams reactie. Ze verloor nooit haar geduld, zeker niet met mij. Op dit moment leek ze weer totaal iemand anders en ik werd er gewoon bang van.

Onderaan de trap draaide ze zich om en zette haar handen op haar heupen. "Lucky? Dat kun je niet menen!"

Ik haalde mijn schouders op. "Waarom niet? Dan moet tante Pearl wel achter de bar staan en kan ze zich tenminste niet met de McCoys bemoeien. Dat is twee vliegen in één klap. We zeggen gewoon dat Lucky zich ziek heeft gemeld of zo."

Mam leek wat te ontspannen. "Oké, prima. Regel jij het maar met Lucky. Maar o wee als hij niet komt opdagen."

"Hij zal er zijn, dat beloof ik. Desnoods rij ik hem zelf naar het Rocklin Huis."

Mam zag eruit alsof ze de hele wereld op haar schouders meetorste. Ze draaide zich om en zonder verder nog iets te zeggen liep ze de trap op.

"Ik weet hoe hard je werkt, Mam. Ik zal je echt meer helpen," riep ik naar haar.

Ze draaide zich weer om en sloeg een hand voor haar mond. Bijna leek het alsof ze in huilen zou uitbarsten. "S-sorry dat ik zo boos tegen je deed, Cen. Maar soms… het lijkt wel alsof ik de enige ben die alles hier draaiende houdt. Ik zorg voor de B&B, kook altijd, betaal alle rekeningen en krijg nauwelijks hulp. En Pearl en je oma hebben alleen maar kritiek op alles wat ik doe. Op dit moment zit het me helemaal tot hier."

"Maak je maar geen zorgen, Mam, ik ben er ook nog." Mam had echt beter eerst met ons allemaal kunnen overleggen voordat ze zich in dit riskante avontuur had gestort, maar nu zaten we er al middenin en was het te laat om eruit te stappen. De komende vierentwintig uur zou blijken of dit een goede of slechte zet was geweest voor ons allemaal. Alle andere dingen moesten dan maar even wachten.

Zoals de vloek bijvoorbeeld, die nu met de minuut meer werkelijkheid leek te worden.

Mam keek op haar horloge en zuchtte. "Misschien gaat dit ons allemaal boven onze pet. Ik hoop maar dat ik niet een heel, heel erge fout heb begaan."

HOOFDSTUK 6

Ik zat samen met Mam in de eetkamer van de B&B. We waren net aan het overleggen over de huwelijksgeloftenceremonie van Steve en Serena toen tante Pearl naar binnen stormde.

"Over mijn lijk!" Tante Pearl stampte naar onze tafel en zwaaide met haar vinger naar Mam. "De Rocklinvloek zal ons kapotmaken. Ik wil mijn leven niet riskeren voor een paar centen."

Mam keek op van de glimmende catalogus met bloemstukken en fronste. "We hebben het geld nodig, Pearl. De afgelopen maanden zijn al onze boekingen ingezakt. Is het wel tot je doorgedrongen dat we bijna failliet zijn? We hebben geluk dat we überhaupt nog gasten hebben. Jij draagt anders ook niets bij aan inkomsten."

"Maar het is het niet waard om onze levens voor op het spel te zetten, Ruby. Laat het Rocklin Huis met rust voordat het te laat is." Tante Pearl wachtte op een antwoord, terwijl ze met haar voet op de vloer tikte.

"We doen dit, of we sterven van de honger. De McCoys zijn een gewoon gezin," antwoordde Mam. "Behalve dan dat ze toevallig erg beroemd zijn. Ze hebben wat personeelsleden meegenomen die hier in de B&B zullen logeren. Over een week zijn ze weer vertrokken. Het enige wat de McCoys willen is een fijne, rustige Valentijnsdag. Oh ja, ze hebben mij gevraagd hen te helpen met het vernieuwen van hun trouwgeloften."

"Het is een filmcrew, Ruby! Op de parkeerplaats staat een bus met allemaal filmapparatuur. Lieg niet tegen me, dit heeft niets te maken met het vernieuwen van trouwgeloften, het is gewoon een publiciteitsstunt."

Mam had niets gezegd over een filmcrew. Wat had ze nog meer voor ons verborgen gehouden?

Mam schonk tante Pearl een nepglimlach. "Pearl, kun jij de bloemen regelen? Misschien nog wat witte en rode rozen en dan een boog met roze en witte ballonnen?"

Tante Pearl stampte met haar voet. "Ik maak niet *nog* eens een van jouw stomme ballonbogen. Jullie twee zijn hier al maanden mee bezig, of niet soms?"

Ik hief mijn handen op om te protesteren. "Ik wist helemaal niks over de McCoys, pas sinds we bij het Rocklin Huis waren."

Tante Pearl vernauwde haar ogen tot spleetjes terwijl ze naar ons staarde. "Denk je nu echt dat zo'n realityserie het waard is om ons bestaan als heksen voor te riskeren? Hoe veel hebben ze je eigenlijk betaald?"

Mam werd rood, maar zei niets.

"Wat dan? Hebben ze jullie allebei soms een rol aangeboden in de serie?"

"Je hebt het mis, tante Pearl." Ik was het niet eens met wat Mam allemaal had gedaan, maar ze had er de beste bedoelingen mee gehad. "Ze hebben niets gezegd over dat het gefilmd zou worden en we zijn ook geen deel van de cast. Steve en Serena wilden er alleen maar even tussenuit naar een rustige plek."

Tante Pearl rolde met haar ogen. "Oh, je noemt ze al bij hun voornamen? Leuk geprobeerd, Cen. Jullie spelen onder één hoedje. Omdat jullie rijk en beroemd willen worden, is ons hele bestaan als heksen in gevaar. Ik wil er niets mee te maken hebben. Regel zelf die stomme ballonnen en bloemen maar."

"Ik heb niet..." Beschaamd stopte ik met praten. Mam had ons misleid. Maar wat de gevolgen van de vloek nou precies waren, als hij al bestond, bleef vaag. Waarschijnlijk was de vloek gewoon een legende die uit zijn verband was getrokken. Mam had me altijd beschermd tegen het kwaad. Als de vloek echt iets was om voor te vrezen, dan had ze me er jaren geleden al over verteld.

Maar, vloek of geen vloek, het ging uiteindelijk om vertrouwen. Waarom had niemand van mijn familie me nooit eerder iets verteld over de Rocklinvloek? Ik kon toch niet negeren dat Oma Vi en tante Pearl allebei doodsbang waren. En daar werd ik zelf ook bang van. Tante Pearl was de dapperste persoon die ik kende. Als zij bang was, dan was er echt een goede reden voor. Mam had het me moeten vertellen, zodat ik mijn eigen conclusies had kunnen trekken.

Ik schraapte mijn keel. "Over een paar dagen is de familie McCoy weer vertrokken, tante Pearl. Je zal ze misschien niet eens zien." Ik zei maar niets over hun zoon, die op dit moment waarschijnlijk dronken werd in de Witching Post.

"Wat leuk dat onze gasten lekker kunnen ontspannen, terwijl onze levens instorten," snoof tante Pearl.

Gefrustreerd gooide Mam haar handen omhoog en wees om zich heen in onze rustieke eetkamer. "Dankzij wat we verdienen met onze gasten kunnen we zo leven, Pearl." De kamer was groot, maar bescheiden ingericht. Er stonden vier praktische eiken eettafels die er gebruikt uitzagen, verkregen uit de boedel van een failliet restaurant. Naast de keuken stond een functioneel kastje waar het koffiezetappa- raat stond en waar snacks te vinden waren, gebouwd door een plaat- selijke timmerman. De eetkamer was eerder apart dan chic, maar hij voldeed prima.

"Met een beetje geluk leven we morgen nog," mompelde tante Pearl.

Mam schudde haar hoofd. "Jullie moeten allebei ophouden met dat negatieve gedoe. Ze hebben alles al vooruitbetaald, en ook nog eens het dubbele van ons normale tarief."

"Ruby, al het geld op de wereld is niet genoeg om het reactiveren van die vloek goed te maken."

"De vloek bestaat niet, Pearl. Heb je er in al die tijd dat we hier wonen ooit enig bewijs van gezien? Nee dus," beantwoordde Mam haar eigen vraag.

Tante Pearls ogen vernauwden zich. "De vloek heeft zich stilgehouden omdat de Rocklins uit het dorp zijn vertrokken. Klopt, dat was al tientallen jaren geleden, maar één fout en de vloek wordt weer geactiveerd. Ik ben degene geweest die er al die jaren voor heeft gezorgd dat de vloek zich koest hield, maar heeft iemand mij daar voor bedankt? Nee." Ze schudde haar hoofd.

"Oh, dus nu ben jij onze redder in nood?" zei Mam. "Echt, Pearl, je stelt je aan."

"Mam, hou maar op."

Mam kruiste haar armen. "Deze keer geef ik niet toe, Pearl. Denk er maar eens over na. Er is geen enkele macht die ons onze krachten kan afnemen. Onze toverkracht is van ons omdat we die geërfd hebben. Dat weet jij ook, Cen. Je kunt er niet zelf voor zorgen dat je kunt toveren en magie beheerst, je kunt het, of je kunt het niet. Allemaal hebben we ontelbare uren gespendeerd aan het verbeteren van onze toverkrachten. Uur na uur, dag na dag oefenden we onze toverspreuken en daarom zijn we nu in het bezit van deze magische krachten. Ja, het was een gave, maar we hebben onze toverkunsten zelf verbeterd door hard te oefenen en niet op een andere manier."

Mam had gelijk. Ik was blij met mijn bovennatuurlijke krachten, maar voor de complicaties die het zijn van een heks met zich meebracht had ik niet zelf gekozen. In het begin had ik aarzelend mijn verantwoording geaccepteerd, maar uiteindelijk oefende ik stiekem om aan tante Pearls belachelijke eisen te kunnen voldoen. Voor iedere toverspreuk, toverdrank en kruidenmengsel had ik heel hard moeten werken. Succes kwam niet zomaar vanzelf aangewaaid.

Er zat me nog wel iets dwars en ik vroeg aan Mam: "Zijn de Rocklins wel echt uit het dorp vertrokken?"

"Eh, ja... Mensen verhuizen om allerlei redenen." Mam klonk wat gemaakt vrolijk.

Tante Pearl reageerde: "Normaalgesproken vertrekken mensen niet plotseling en midden in de nacht, terwijl ze al hun bezittingen achterlaten, Ruby. Je weet heel goed waarom de Rocklins zijn vertrokken en Cen verdient het om de waarheid te weten."

"Voorlopig weet ze genoeg. De rest van het verhaal bewaar ik voor een andere keer." Mam draaide op haar hielen om en liep bruusk de keuken in, waarna ze de deur achter zich dichtsmeet.

Tante Pearl wendde zich tot mij, haar ogen donker van ongerustheid. "Als je partij kiest, denk er dan heel goed over na, Cendrine. De gevolgen kunnen niet meer ongedaan worden gemaakt."

HOOFDSTUK 7

*D*ing-dong! Ding-dong! Ding-dong!

"Au!" Ik schrok van het belletje dat op de balie van de receptie stond waar ik onder zat en stootte hard mijn hoofd. Ik kroop onder de balie vandaan en stond op.

"Nou, dat zal tijd worden!" Een rijkelijk met ringen versierde hand schoof een stapel papier over de receptiebalie. "Ik heb een reservering voor 24 kamers, niet-roken."

Ik wreef over de pijnlijke plek op mijn hoofd en voelde een bult opkomen. "Eh, dat kan niet kloppen. De Westwick Corners Inn heeft maar 8 kamers. Het is onmogelijk dat we 24 kamers voor u hebben gereserveerd."

Ik keek in de groene ogen van een heel knappe vrouw met lang rood haar. Ze leunde over de balie en boog haar hoofd dicht naar me toe.

Haar ogen boorden zich in die van mij terwijl ze met haar wijsvinger op de papieren tikte.

"Hier staat het. We hebben 24 kamers gereserveerd. Geen 8, maar *vier-en-twin-tig.*"

"Onze kamers zijn best groot, misschien als er meerdere mensen op één..."

54

"Geen sprake van," zei ze. "De crewleden krijgen altijd een eigen kamer en die hebben we dan ook geboekt. Zorg maar dat je het direct oplost."

Hier had Mam helemaal niets over gezegd. Ondanks dat ik van binnen kookte, perste ik er een beleefde glimlach uit. "Ik denk dat er sprake is van een misverstand. Het dichtstbijzijnde hotel met zo veel kamers is in Shady Creek, een uurtje rijden hier vandaan."

"Onacceptabel," snauwde de vrouw. Ze stapte naar achteren en keek rond of er iemand anders was die haar wel zou kunnen helpen. Ze zag er casual maar stijlvol uit in haar jeans, hoge hakken en smaragdgroene trui, die goed bij haar doordringende ogen paste.

Ze zou me aan stukken scheuren, want wat ik ook zei of deed, ik had gewoon geen 24 kamers. Wat een rotdag was het toch en het was nog niet eens middag. "Ik zou u heel graag helpen, maar wij hebben..."

Ze stak haar hand tegen me op. "Hou maar op met die excuses en zorg dat we die verdomde kamers krijgen."

Mijn hart bonsde toen ik de papieren beter bekeek. Het was inderdaad een reservering, maar voor een ander hotel, in de stad verderop. "Ik zie al wat er is gebeurd. U heeft gereserveerd in de Western Inn in Shady Creek. U bent niet de eerste die deze vergissing maakt. Als u wilt, dan kan ik hen wel even bellen, mevrouw...?"

"Abby Monroe. Ik ben de personal assistant van Serena McCoy. Een andere stad is geen optie, dat is ook niet wat we hadden afgesproken." Abby keek om naar een lange gespierde man die bij de voordeur stond. Hij veranderde van houding en gaf een bijna onzichtbaar knikje.

De man zag er op de een of andere manier bekend uit, maar ik kon niet plaatsen waar ik hem van kende. Hij moest wel bijna twee meter lang zijn, want zijn hoofd raakte bijna de bovenkant van het deurkozijn. Hij zag eruit als een bodybuilder die volgepompt was met steroïden, met zulke gespierde armen dat hij ze niet recht langs zijn lichaam kon houden. Ik vermoedde dat hij deel uitmaakte van het beveiligingsteam van de McCoys, maar het was wel vreemd dat hij dan niet bij hen in het huis was. De aanwezigheid van alle crewleden en andere personeelsleden hier bevestigde mijn vermoedens dat de eenvoudige ceremonie die de McCoys wilden om hun huwelijksgeloften te vernieuwen helemaal niet zo eenvoudig zou worden.

Ik haalde diep adem. De klant had altijd gelijk, helemaal als hij ongelijk had. Op de een of andere manier moest ik de situatie zien te sussen. "Abby, je hebt geluk, want al onze acht kamers zijn nog vrij. Die zijn direct beschikbaar. Helaas zijn er in Westwick Corners geen andere hotels. Kunnen een aantal crewleden misschien wel in Shady Creek verblijven?"

Abby schudde haar hoofd en schoof weer een vel papier over de balie en wees naar het briefhoofd. "Je hebt het mis. We moeten in dit hotel zijn. Ook de GPS heeft ons hiernaartoe gestuurd."

Het werd steeds drukker in de lobby en ik voelde mijn gezicht rood worden. Ruziemaken zou de boel niet oplossen. Paniek welde in me op toen ik zag hoe veel mensen nu in de kleine ruimte stonden die ook steeds harder begonnen te praten. Ik haalde nog een paar keer diep adem en bekeek het papier nog eens goed.

Inderdaad, onder de verkeerde naam van het hotel en het verkeerde logo stond wel ons adres. Dit klopte van geen kant, maar ik moest het wel zien op te lossen. Op de een of andere manier moest ik 24 kamers zien te vinden. Nu.

Ik keek Abby aan en schonk haar een nepglimlach. "Dit is heel vreemd. Ik weet niet hoe het kan, maar, geen zorgen, we gaan het oplossen."

Mam stond in de hal. Ze had ons horen praten en kwam naar me toe achter de balie. "Wat moet er worden opgelost?" vroeg ze.

Ik legde de situatie uit en stelde haar voor aan Abby.

"Dat is geen probleem hoor" antwoordde Mam opgewekt. "Jullie hebben geluk, omdat er in het bijgebouw ook nog acht kamers vrij zijn. Er zullen wel meerdere personen op een kamer moeten, maar het zijn heel grote suites. Zou dat voldoen?"

Abby zuchtte. "Vooruit dan maar. Morgen wordt een drukke dag."

* * *

Het zogenaamde bijgebouw waar Mam het over had, bleek het gebouw van Pearl's Charm School te zijn. Met wat hekserij toverde ze snel een nieuwe voorkant aan het gebouw en een nieuwe indeling met acht kamers. Met dit compromis had ze Abby weten te overtuigen. De kamers hadden dan wel niet dezelfde sfeer als die in de B&B, maar het gebouw zag er netjes uit, was voorzien van een nieuw verflaagje en er stonden wat potplanten bij de voordeur. Bovendien stond het gebouw vlak bij het parkeerterrein van de B&B en de Witching Post Bar & Grill, waar iedereen wat kon ontspannen.

Het enige wat we nog moesten doen was aan tante Pearl uitleggen waarom haar schoolgebouw een tijdelijke gedaantewisseling had ondergaan, want anders zou ze uit haar dak gaan. Maar hoe had het eigenlijk kunnen gebeuren dat er zo'n verwarring was ontstaan over de verschillende hotels? Was dit weer een van Mams geheime plannen? Of had het een veel griezeligere oorzaak, zoals de Rocklinvloek?

HOOFDSTUK 8

a een paar hectische minuten was de hele McCoy-entourage eindelijk ingecheckt. Niet dat het soepel was verlopen. Er waren verhitte discussies geweest over wie bij wie op de kamer moest, maar uiteindelijk had Abby het met hier en daar wat aanpassingen opgelost. Abby en de gespierde beveiliger, die uiteindelijk de chauffeur van de McCoys bleek te zijn, zouden dan bij de familie McCoy in het Rocklin Huis verblijven, net als Steve's zoon Jason. Oorspronkelijk zou Jason kennelijk bij de crew verblijven, wat me had verbaasd. Maar misschien had Jason in eerste instantie liever wat meer op afstand willen blijven van zijn familie.

Eenmaal terug in de keuken had ik mezelf geïnstalleerd in de ontbijthoek, waar ik mijn artikel over Valentijnsdag af wilde maken. Ik hoefde alleen nog wat puntjes op de i te zetten, maar ik kon me niet concentreren. De vloek die Mam weigerde te erkennen bleef maar door mijn hoofd spoken. Misschien dat ik in wat oude uitgaven van de *Westwick Corners Weekly* wat meer informatie over de familie Rocklin zou kunnen vinden, of anders in de archieven in de bibliotheek. Een complete familie die midden in de nacht huis en haard verlaat en verdwijnt, zou in een klein dorp als het onze toch zeker nieuws zijn geweest. Het zou een begin kunnen zijn.

Mijn vingers hingen boven het toetsenbord waar ik net iets in de zoekbalk wilde typen, toen ik een koude windvlaag langs mijn gezicht voelde gaan. Oma Vi zweefde boven me. Haar semi-transparante vorm flikkerde. Ze was gehuld in een paarsfluwelen mantel, die wervelde als ze bewoog. Ze staarde aandachtig naar mijn laptop op de tafel onder haar.

"Ik zal je helpen met proeflezen, schat." Oma Vi pakte een potlood met een gum aan het uiteinde met beide handen vast en tikte onhandig tegen het scherm. "In de tweede paragraaf staat een zin met twee keer hetzelfde woord, Cen. Ik duw zo hard mogelijk, maar om de een of andere reden kan ik het niet uitgummen."

Ze duwde zo hard tegen het scherm dat ze het potlood uit haar handen liet vallen. Met een harde tik viel het op het toetsenbord. Met een zwier zwaaide ze naar het scherm. "Het is gelukt! Ik moest gewoon op de juiste toets drukken!"

Ik hield van schrik mijn adem in. Het scherm, dat net nog gevuld was met een zee van zwarte letters, was nu leeg. Ik drukte op de toets met het pijltje naar boven en vervolgens op de pijl naar beneden, maar een paniekgevoel welde in me op. "Wat... wat heb je nou gedaan?"

"Oh-oh... Waar zijn alle woorden gebleven? Ik wilde alleen dat ene woord weghalen, niet alles. Sorry, Cen." Ze citeerde een terugdraai-spreuk, maar stopte midden in de zin. "Ik weet de exacte spreuk om het te kunnen terugdraaien niet meer!"

"Het geeft niet, ik kan het wel oplossen." Ik klikte op 'ongedaan maken'.

Er gebeurde niets. Onveranderd bleef het lege scherm me aansta-ren. "Dit had wel moeten werken. Heb je het wel opgeslagen?"

"Opgeslagen?" Oma Vi loenste naar het scherm. "Je weet toch dat ik niets moet hebben van computers."

"Maakt niet uit, Oma. Ik had nog niet op 'opslaan' gedrukt, dus ik zou toch ongedaan moeten kunnen maken wat jij hebt gedaan. Ik heb geen idee wat er is gebeurd."

"Oh jee," zei Oma Vi fronsend. "De Rocklinvloek, dat is wat er is gebeurd. Vlug, gebruik wat toverkracht. Probeer een terug-draaispreuk."

Mijn hart ging tekeer toen ik binnensmonds de terugdraaispreuk uitsprak.

Niets.

Op mijn voorhoofd begonnen zich zweetdruppeltjes te vormen. De hele uitgave voor Valentijnsdag, een hele week werk, was voorgoed gewist. Ik klikte op het icoontje van de prullenbak.

Leeg

Waar was in vredesnaam mijn bestand gebleven?

Ik had nog maar een paar minuten nodig gehad, waarom had ik zo getreuzeld om het af te maken?

Ik vloekte binnensmonds en bleef maar klikken op 'ongedaan maken', terwijl ik wel wist dat het niets zou uithalen. Ik had het wissen ongedaan moeten kunnen maken, of zelfs een oudere versie van het bestand moeten kunnen terughalen, maar ook dat lukte niet. Het bestand was helemaal van mijn computer verdwenen. Hier was absoluut hekserij aan te pas gekomen.

Maar natuurlijk niet van Oma Vi. Omdat ze een geest was hadden haar toverspreuken nauwelijks effect. Ze had alleen maar willen helpen. Zij zou me nooit expres dwars zitten en Mam ook niet.

Maar tante Pearl was een ander verhaal. Zij zou heel graag een einde maken aan de *Westwick Corners Weekly*, zodat ik me meer op hekserij kon focussen. Ze hoopte nog steeds dat ik dankzij haar magische tussenkomst meer met haar zou gaan werken. Maar het vernietigen van mijn werk zou zelfs voor haar te ver gaan. En meer heksen waren er niet in het dorp.

Ik masseerde mijn slapen in de hoop dat de bonkende hoofdpijn die ik inmiddels had wat minder zou worden.

"Probeer de terugdraaispreuk nog eens, Cen. Misschien was je een woord vergeten," zei Oma Vi.

"Kan het proberen." Ik had mijn twijfels, maar ik had toch geen andere opties. Ik haalde diep adem en sprak, deze keer heel langzaam en zorgvuldig, de terugdraaispreuk uit. Ik was halverwege de tweede zin toen de buitendeur hard tegen de muur werd opengegooid.

"Is er iets mis?" Tante Pearl kwam de keuken in en schopte bij de deur haar schoenen uit. "Wat sta je hier te niksen, ik dacht dat je moest werken?"

"Mijn bestand voor Valentijnsdag is zo maar verdwenen," zei ik terwijl ik heel goed op haar reactie lette.

Tante Pearl haalde haar schouders op. "Dat komt door de Rocklinvloek. Maar, hoe erg kan het zijn, er is toch niemand die jouw artikelen leest. Ze hadden net zo goed door een geest geschreven kunnen zijn."

Oma Vi staarde haar aan. "Geesten kunnen niet schrijven. Dicteren wel. Ik heb dan wel iemand nodig die voor me op het toetsenbord tikt."

"Het komt niet door de vloek en het lukt me niet om het terug te halen," zei ik. "Wees stil, zodat ik me kan concentreren."

"Stil, zodat ze zich kan concentreren!" lachte tante Pearl me uit. "Een goede heks kan onder elke omstandigheden toveren en laat zich niet afleiden door..."

Ik stopte mijn vingers in mijn oren en sprak de terugdraaispreuk uit, nu in z'n geheel. Een paar seconden later verschenen er rode hartjes en valentijnswensen op mijn scherm.

Ik controleerde de tekst en zuchtte van opluchting. Het was de laatste versie en alles klopte. "Gelukkig, ik heb alles terug."

Oma Vi klapte in haar transparante handen. "Goed gedaan, Cen! Je bent echt een fantastische heks."

"Het kan ermee door," mopperde tante Pearl.

Oma Vi negeerde haar. "Jouw speciale uitgave voor Valentijnsdag is zo'n goed idee, Cen. Ik kan niet wachten tot ik de rest kan lezen." Oma Vi zweefde weer boven mijn laptop en begon hardop de valentijnsberichten te lezen. Met een transparante hand pakte ze opnieuw een potlood op.

Omdat ik niet wilde dat deze ramp zich zou herhalen, toverde ik een papieren versie van de krant tevoorschijn voor Oma Vi en ook eentje voor tante Pearl. De krant voor Oma Vi legde ik midden op tafel neer, geopend op de eerste bladzijde vol valentijnsberichten. Ze zou zelf voor wat wind moeten zorgen om de bladzijdes te kunnen omslaan, maar hier was ze wel even mee zoet. Nog meer tegenslag zou ik niet aankunnen.

"Ik lees deze pulp niet." Tante Pearl rolde haar krant op en gooide hem naar mijn hoofd, maar ik ving hem op zonder dat hij zijn doel raakte en legde hem op tafel.

Oma Vi keek grinnikend op van haar krant. "Ooh, moet je deze zien: 'Jij bent mijn parelende Pearl, liefs, Earl'. Tjee, ik ben benieuwd voor wie die bedoeld is!"

Allebei keken we naar tante Pearl.

"Geef hier!" Tante Pearls wangen kleurden diep donkerrood. Ze griste Oma Vi's krant van de tafel en hield hem met gestrekte armen voor zich uit. Met samengeknepen ogen las ze de valentijnsberichten.

"Ooh, mijn parelende Pearl, hoe schattig!" Oma Vi zweefde krom van het lachen een stukje boven de vloer.

Tante Pearl duwde de krant tegen me aan. "Pff, Cendrine, jouw dichtkunst lijkt nergens op."

"Ik heb het niet geschreven, dat heeft je vriendje gedaan. Het is Earls valentijnsbericht voor zijn geliefde."

Tante Pearl bloosde. "Earl zou zoiets belachelijks nooit doen. Jouw goedkope sensatiekrant is al net zo erg als die stomme realityserie."

"Waarom vraag je het Earl zelf niet?" lachte ik. "Er is ook nog een heel mysterieus valentijnsbericht. Een hele bladzijde, van een anonieme valentijn voor een speciaal iemand. Ik weet niet van wie of voor wie hij is."

Mam kwam binnen vanuit de eetkamer. "Wat is voor wie?"

"Een geheim valentijnsbericht, Mam. Een anonieme bewonderaar heeft voor een dubbele bladzijde betaald." Ik wees op de middenpagina van Oma Vi's krant. De letters waren groot genoeg voor een honderdjarige zonder leesbril.

"Wie heeft de opdracht gegeven?" vroeg Mam.

Ik haalde mijn schouders op. "Er stond geen naam op de witte envelop die gisteren na kantoortijd onder mijn deur door werd geschoven." Ik zei niets over de vijfhonderd dollar aan cash die erbij had gezeten. Het was veel meer dan de advertentie had gekost en ik hoopte dat ik het wisselgeld uiteindelijk terug kon geven.

"Be-la-che-lijk!" Tante Pearl stampte naar het keukeneiland en schonk zichzelf een kop koffie in.

Mam liep naar de tafel. "En wat staat er in het valentijnsbericht?"

Ik legde de opengeslagen krant in het midden van de tafel, zodat iedereen hem kon lezen. "Het is zo schattig, je vindt het vast geweldig."

Hardop las ik het korte bericht voor:

IK HOU VAN JE, *Schat*
  Geld heb ik nooit gehad
  Ik woon in een wrakkig pand
  En ben zo dik als een olifant
  Ik moet wel brutaal zijn
  Want jij bent mijn Valentijn

Zonder dak boven mijn hoofd
  Is mijn kaarsje snel gedoofd
  Maar weet je, jij en ik
  Wij horen bij elkaar
  Iets anders is niet denkbaar

We zullen het samen wel rooien
  En veel geluk rondstrooien
  Er zal heel veel liefde zijn
  Met jou als mijn Valentijn

"WAT VOOR LOSER SCHRIJFT ZULKE ROTZOOI? WAT SLECHT ZEG!" zei tante Pearl spottend.

"Dat is zo ontzettend lief," reageerde Mam. "Diegene zegt dat hij niet veel heeft, maar alleen maar liefde voor jou. Zo schattig."

"Aargh!" Oma Vi viel opeens naar beneden en kwam hard op de

tafel terecht. Haar transparante vorm rolde langzaam van de tafel af en ze viel neer op de bank.

"Oma! Ben je gewond?" Ik concentreerde me en probeerde haar weer te laten zweven. Ik had al eens eerder wat soortgelijke mentale gymnastiek gedaan, meestal om mijn toverkunsten te oefenen. Maar Oma gaf geen krimp.

Vermoeid knikte ze. "Het is de opnieuw geactiveerde Rocklin-vloek. Ik zei toch dat je dat huis met rust moest laten, Ruby."

Mam keek geschokt en haar mond viel open, maar ze zei niets.

Plotseling leek de kamer te bewegen en het werd mistig. De muren kraakten, borden vielen op de vloer en de lucht vulde zich met dikke stofwolken, waardoor ik nauwelijks nog iets kon zien. Net zo snel als ze gekomen was, trok de mist ook weer weg, en zo zag ik dat de ontbijthoek was veranderd in een picknicktafel.

Op mijn pols landde een druppel water. Ik keek op en zag de hemel door een gapend gat in het plafond. Dat was heel bijzonder, aangezien we ons op de begane grond bevonden van onze B&B, die drie verdiepingen telde. Het enorme gat in het plafond was ook zichtbaar in het plafond van de tweede en zelfs ook van de derde verdieping. De lucht zag er dreigend uit en het was zojuist begonnen met regenen.

"Oh nee, de gasten!" gilde Mam. "Wat als er iemand in dat gat valt? Ze kunnen wel doodvallen!"

Net toen ik angstig omhoog staarde, scheurde de naad van mijn jurk.

Tante Pearl wees naar me. "Cen! Je bent ineens vijftien kilo zwaarder geworden!"

Fluisterend begon Oma Vi te praten: "Oh nee, wat je net hebt voorgelezen, Cen, dat was geen valentijnsgedicht, maar een vloek! Alles wat je oplas, dat gebeurt ons nu. We hebben letterlijk geen dak boven ons hoofd meer. Het komt allemaal door de Rocklinvloek!"

Ik schudde mijn hoofd. "Dat is gewoon toeval."

"Onze grootste angsten komen uit!" gilde Mam. "In plaats van gezondheid, rijkdom en geluk, krijgen we nu ziekte, armoede en narigheid. En worden we dik."

Mijn lip trilde terwijl ik vocht tegen de tranen.

Boos keek tante Pearl naar Mam. "Ik heb je gewaarschuwd, Ruby, maar je wilde niet luisteren."

Niemand zei iets.

Een paar verkeerd uitgesproken zinnetjes en er was een ramp gebeurd. Onze volgeboekte B&B was zwaar beschadigd en ook onze heksenkrachten werden bedreigd. De Rocklinvloek bestond wel degelijk en zorgde nu al voor veel ellende. Samen waren we onoverwinnelijk, maar apart van elkaar konden we er niets tegen doen. Hoe we het nu zouden aanpakken, zou allesbepalend zijn voor onze toekomst als heksen en ook voor die van de generaties na ons.

HOOFDSTUK 9

Ik keek omhoog door het gapende gat in het plafond. Mam had iedere kamer gecontroleerd, maar het goede nieuws was dat iedereen weg was om te lunchen. Maar vroeg of laat zouden ze terugkomen en dan moest alles weer gerepareerd zijn.

Mam was woedend. "Zit jij hier soms achter, Pearl? Of je het nu leuk vindt of niet dat we betalende gasten hebben, we hebben het geld hard nodig. Zorg maar dat je het dak weer repareert, voordat je onze gasten helemaal wegjaagt."

Tante Pearl kwam bij de tafel staan. Haar gezicht had een trieste uitdrukking. "Je weet heel goed dat ik het niet was, Ruby, maar de vloek. Je brengt ons allemaal in gevaar door het Rocklin Huis te verhuren."

Met mijn linkerhand pakte ik Mams hand en met mijn rechterhand die van tante Pearl. "Genoeg ruziegemaakt. Het is nu al gebeurd. Laten we onze krachten verenigen en kijken of we het dak kunnen repareren." Oma Vi sloot de cirkel en we spraken gelijktijdig de terugdraaispreuk uit.

Het kostte ons al onze krachten en meerdere pogingen, maar uiteindelijk lukte het om de situatie terug te draaien en het plafond weer in oude staat te krijgen. Ik rende naar het raam om naar het bijgebouw te kijken. Gelukkig zag dat er onveranderd uit, het was nog steeds een bijgebouw van de B&B.

"Poeh, ik ben kapot." Ik stortte neer op de bank in de ontbijthoek. Ik was ontzettend moe en het was nog niet eens middag.

"Er klopt hier helemaal niets van," zei Mam. "Iedereen die dit rijmpje hardop uitspreekt, krijgt een gat in zijn dak. De vloek is dan op iedereen van toepassing."

Tante Pearl schudde haar hoofd. "Dat is niet zo. De vloek werkt alleen als een heks het rijmpje uitspreekt. Ze waren wel zo voorzichtig om hem te laten afdrukken in een krant die niemand behalve Cen leest."

"Wie zijn 'ze'?" vroeg ik haar boos.

Stilte.

"Heel veel mensen lezen mijn krant," zei ik verdedigend. "Tante Pearl, wie dan ook, vertel me meer over die vloek! Hoe kan ik mezelf in vredesnaam beschermen als ik niet weet waartegen?"

"Dat vertel ik je nog wel," bitste tante Pearl. "Op dit moment moeten we de vloek zien te stoppen voordat hij onherstelbare schade aanricht."

"Je kunt niet iets stoppen wat niet bestaat," zei Mam.

"Let maar eens op." Tante Pearl hief haar armen omhoog en zei met luide stem:

Ik schiet je vloek zo uit de lucht,
Vernietig hem in een enkele zucht,
Je bent ons niet langer meer tot last,
Vertrek en zorg maar dat je opkrast,
Ik zal deze plek beschermen en bewaken,
Je kunt ons niet meer kapotmaken.
Je heksenkrachten zijn verdreven,
Je bent nu van die macht ontheven,
Veranderd van heks naar sterfelijk,
Voor altijd verbannen uit dit rijk,
Je zal je wandaden berouwen,

Je dromen kun je niet behouden,
Nooit meer zal je vloek hier komen,
Eeuwige twijfel zal je overkomen,
Veertig jaren en een dag,
Blijf weg en verdwijn op slag.

ZE DEED HAAR ARMEN OMLAAG EN ZEI MET HAAR HANDPALMEN TEGEN
ELKAAR: "Klaar. Nu hoeven we alleen nog maar af te wachten."

Oma Vi schraapte haar keel. "Kan ik Cen nu meer vertellen over
de Rocklins?"

"Nee. Als iemand iets uitlegt over de Rocklinvloek, dan ben ik het,"
zei tante Pearl stellig, terwijl ze in de ontbijthoek ging zitten. Ze keek
naar Oma Vi. "Jij was er te zeer bij betrokken om het goed te kunnen
beschrijven."

"Goed hoor, wat jij wil." Oma Vi straalde een rode kleur uit van
boosheid.

Op weemoedige toon begon tante Pearl te vertellen. "Onze twee
heksenfamilies, de families West en Rocklin, leefden jarenlang in
goede harmonie. De verplichtingen over de vortex werden netjes
verdeeld en we deelden zelfs ook onze drankjes en toverspreuken met
elkaar. Alles verliep goed. Totdat één heks, Eliza Rocklin, een niet te
stoppen honger kreeg naar macht.

Tot die tijd was Westwick Corners een soort bovennatuurlijke
utopie. We konden onze spreuken gewoon in het openbaar oefenen.
Onze tuin met magische kruiden bloeide en we konden doen wat we
wilden. Onze enige verplichting was het bewaken van de energievor-
tex. We hadden zó'n goed leven en we waren ons er niet eens van
bewust."

Ik fronste. "Mam, waarom heb je me hier nooit iets over verteld?"

"Eh, nou ja, ik..."

Tante Pearl onderbrak haar. "Ruby was destijds nog maar twaalf,
of dertien. Ze was toen net zo in zichzelf gekeerd als ze nu is. Ze hield
zich alleen maar bezig met haar kruidentuin en met bakken. Ik was de
oudere en wijzere zus. Ik was me ook goed bewust van de gevolgen

als we onze plichten niet vervulden. Als we de vortex kwijt zouden raken, hadden we ons niet langer kunnen redden in het dorp. Dan had ik waarschijnlijk geëindigd als serveerster in Shady Creek. Kun je het je voorstellen?"

"Absoluut niet." Ik rilde bij de gedachte aan tante Pearl die klanten bediende en dan ook nog een fooi verwachtte.

"Hoe dan ook, Eliza was achter in de twintig en best een redelijke heks, ook al was ze lang niet zo goed als ik. Bovendien was ze nogal manipulatief. Ze bedacht dat haar familie op een listige manier de hele vortex wel in handen kon krijgen. Ze wilde onze familie weghebben. Voor Eliza was het niet genoeg om de macht te delen. Ze had onze vortex willen ombouwen tot een pretpark."

Ik zuchtte: "Net als we een paar jaar geleden hadden met Tonya Plant?" Wat hadden die heksen toch met pretparken?"

Tante Pearl knikte. "Precies. Maar het lukte Eliza en een tijdlang had ze de hele vortex in haar macht."

"En dat liet je gewoon gebeuren?" Ik kon me bijna niet voorstellen dat tante Pearl zoiets goed had gevonden.

Tante Pearl haalde haar schouders op. "Ze was toen al een heel machtige heks, Cen. En ik moest het nog leren."

Ik stak mijn hand op. "Net zei je nog dat jij een betere heks was."

"Stop met ruziemaken, Cendrine. Hoe dan ook, toen Eliza ons onze krachten had afgenomen, sloot ze de vortex helemaal af."

"Maar, hoe dan? Ik dacht dat de vortex krachtiger was dan wie of wat dan ook."

Tante Pearl zuchtte. "Nou, op deze manier gaat het wel even duren... Eliza was zo sluw als je maar kon bedenken. Ze had er met een list voor gezorgd dat wij niet alleen onze krachten kwijtraakten, maar ook dat zij er tijdelijk over kon beschikken."

Mijn mond viel open. Ik kon me echt niet voorstellen dat tante Pearl haar macht zo maar zou overdragen, of orders zou aannemen van iemand. "Maar, waarom??"

"Eliza had ons ervan overtuigd dat er iets vreselijks met de vortex zou gebeuren als we het niet zouden doen. Zo'n transfer van krachten kan soms nodig zijn bij bepaalde moeilijke omstandigheden. Eliza had

Oma ervan overtuigd dat het nodig was om onze krachten over te dragen, omdat de vortex opnieuw gekalibreerd moest worden. Het had iets te maken met het energieveld van de vortex. Het energieveld stond uit omdat onze krachten zouden storen. Iets wat ik zelf nooit zou hebben geloofd, maar…"

Oma Vi onderbrak haar. "Jij zou in mijn positie precies hetzelfde hebben gedaan en dat weet je, Pearl."

"Het is allemaal lang geleden gebeurd," zei Mam, "maar toen Eliza ons onze krachten had afgenomen, sprak ze een toverspreuk uit om te zorgen dat we ze voor onbepaalde tijd niet meer terugkregen. Ze was van plan om het portaal over te nemen en er winst mee te maken."

"Het is tegen de regels van de WICCA om te verdienen aan toverspreuken," zei ik.

Tante Pearl rolde met haar ogen. "Niet zo naïef, Cen. Er zijn altijd mensen die tegen de regels ingaan. Eliza was een criminele heks die van anderen probeerde te stelen. En met succes."

"Jullie hebben dit allemaal voor mij verzwegen!" Ik werd rood, verdrietig omdat mijn hele familie zo'n belangrijke gebeurtenis uit onze familiehistorie had achtergehouden.

"Je was er eerder ook nog niet echt klaar voor," snauwde tante Pearl.

In tegenstelling tot de vloek, wist ik wel heel veel over de vortex. Dat was ook niet zo moeilijk. Iedere heks voelde de magnetische aantrekkingskracht als we naar Westwick Corners gingen of er juist weggingen.

Onze vortex was niet zo publiekelijk bekend als Stonehenge of Sedona in Arizona, maar in de bovennatuurlijke wereld kende men hem wel goed. Net als alle andere energievortexen versterkte deze iemands bovennatuurlijke krachten en was het een toegangspoort naar andere dimensies en werelden.

Naarmate je je verder van de vortex af bewoog, nam ook je toverkracht af. In Shady Creek was het al lastiger om te toveren en als ik helemaal buiten onze staat was, dan had ik nog maar 75% van mijn krachten over. Het was net zo onzichtbaar als radiogolven en helemaal buiten bereik was het net of de batterij van mijn toverkracht bijna leeg was. Als ik dan weer richting huis ging, of dichter bij een andere energie-vortex kwam, dan werd mijn kracht weer opgeladen.

Ik fronste. "Uiteindelijk moet het Eliza toch niet gelukt zijn, want we hebben onze krachten nog. Hoe hebben jullie ze teruggekregen?"

"We hebben versterking moeten inschakelen," antwoordde Oma Vi.

"Dat klinkt alsof jullie in oorlog waren."

"Dat was het ook. Het was een geheime oorlog, waarbij we in het geniep werden aangevallen." Oma Vi zag er triest uit. "Niemand geloofde ons en er waren niet veel mensen die ons wilden helpen."

Mam onderbrak ons. "Jullie dames hebben misschien de hele dag de tijd om te kletsen, maar ik niet. Ik moet deze bloemstukken nog naar Serena brengen. En ik moet boodschappen doen voor de maaltijd van vanavond, klaarstaan voor onze nieuwe gasten en het ontbijt voor morgen regelen. Dat heet werken voor ons geld."

"Kan ik nog iets doen?" vroeg ik.

Maar Mam hoorde me niet. Ze stond al in de hal haar jas aan te trekken.

Iedereen leek nog slechts een schaduw van zichzelf. Tante Pearl was bang. Mam had een kort lontje. En ik voelde me plotseling onzeker over alles. Er was iets bij ons allemaal in gang gezet en ik voelde me zo machteloos dat ik het niet kon stoppen.

HOOFDSTUK 10

*E*indelijk had ik mijn Valentijnsdagartikel klaar en stapte naar buiten. Jasons Porsche stond nog steeds geparkeerd bij de Witching Post Bar. Ik had eigenlijk Lucky pas later willen vragen of hij wilde meewerken als fotograaf, maar besloot dat het niet kon wachten. Er was niet veel tijd meer om de ceremonie voor het hernieuwen van Serena en Steve's huwelijksgeloften te regelen. En aangezien Lucky zo vaak afwezig was, was dit misschien mijn enige kans om hem te spreken.

Ik opende de deur van de bar en stapte naar binnen. Ik wachtte even, omdat ik bij de bar de stemmen van Lucky en Jason hoorde. De twee mannen praatten gewoon door, zich niet bewust van mijn aanwezigheid.

"Ik kan het allemaal regelen. Het enige wat ik nodig heb is geld." Lucky haalde een doekje over de bar en nam Jasons lege bierfles weg.

"Hoeveel?" Jason trok zijn portemonnee uit zijn achterzak.

Lucky krabde aan zijn kin. "Dat hangt ervan af…, maar gebaseerd op wat je me hebt verteld kan ik het voor tien ruggen regelen."

"Hmm… oké. Hoe snel?"

Lucky maakte een nieuw bierflesje open en zette het voor Jason neer op de bar. "Zodra je me betaald hebt ga ik aan de slag."

Terwijl ik naar dit schimmige gesprek luisterde, dacht ik weer aan Lucky's cv van zijn sollicitatie voor deze baan. Er zaten veel onverklaarbare gaten in zijn arbeidsverleden en de meeste baantjes die hij had gehad waren bij bars en fastfoodrestaurants geweest. Beschikbaar voor criminele activiteiten had er niet op gestaan.

Ik liep naar de bar en trok luidruchtig een barkruk opzij om mijn aanwezigheid aan te kondigen. Ik liet een paar krukken leeg naast Jason en ging zitten.

Lucky leek wat te schrikken toen hij me zag. "Oh... hoi, Cendrine. Wil je iets drinken?"

"Eh, nee, dank je, Lucky. Ik wilde je iets vragen. Kunnen we even onder vier ogen praten?" vroeg ik.

"Hoeft niet, ik ging net weg." Jason keek kwaad en stond op. Tegen Lucky zei hij: "Ik bel je nog."

Ik wachtte even totdat Jason echt vertrokken was en ik de motor van de Porsche op de parkeerplaats hoorde loeien. "Lucky, ik heb je hulp nodig. Een paar van onze gasten gaan hun huwelijksgeloften vernieuwen en daarom heb ik morgen een fotograaf nodig. Heb jij interesse? Het is niet heel ingewikkeld. Gewoon een paar foto's maken van de ceremonie en erna, niks bijzonders. Het is hooguit een paar uurtjes werk."

Lachend hief Lucky zijn handen omhoog. "Ik? Foto's maken van een bruiloft? Ik heb niet eens een camera!"

"Dat maakt niet uit, ik zorg voor de camera. En ik rij je er zelf naartoe en ook weer terug. Het betaalt drie keer zo veel als het bedienen van de bar." Ik hoopte maar dat hij dit aanbod niet kon weerstaan.

Zijn wenkbrauwen gingen omhoog. "Oh, echt? Nou, toevallig kan ik op dit moment héél goed wat centjes gebruiken. Ik ben al laat met de huur en dat geld heb ik eigenlijk al uitgegeven."

"Geweldig," zei ik. "De ceremonie is rond het middaguur, maar dat moet ik nog even bevestigen. Zorg maar dat je op de gewone werktijd hier bent, dan rijden we er naartoe. Ik zorg voor vervanging achter de bar." Als tante Pearl Lucky niet wilde vervangen, dan konden we de bar altijd nog sluiten.

"Deal," zei Lucky, terwijl hij me zijn breedste glimlach schonk. "Ik kan niet wachten."

HOOFDSTUK 11

*I*k liep terug naar de B&B om nog wat aan mijn artikel te werken en ging weer in de ontbijthoek zitten. Mijn maag knorde toen ik de grote schaal met muffins op het keukeneiland zag staan. Ik was ongeveer halverwege mijn opzet van het artikel over *The Real McCoys* toen Mam belde en alles ineens anders werd.

Ze huilde hysterisch en haar uithalen klonken zo hard dat ik de telefoon een eindje bij mijn oor vandaan moest houden. Met horten en stoten hield ze een onsamenhangend verhaal dat ik met veel moeite kon ontcijferen.

"Ik ben bij het Rocklin huis. Er is iets... eh... vreselijks gebeurd!" huilde Mam. "Kom vlug hierheen!"

"Iets vreselijks? Wat is er gebeurd?" Ik zette het geluid van mijn telefoon harder.

Tante Pearl, die vlakbij stond, hoorde alles en haar ogen werden groot van angst. "Het is natuurlijk die verdraaide vloek!"

Ik stak mijn hand op dat ze stil moest zijn, anders kon ik Mams gebrabbel helemaal niet meer verstaan.

Hakkelend probeerde Mam het uit te leggen. "I-ik... heb Steve McCoy gevonden. Hij dreef in het zwembad, met zijn gezicht naar beneden. Ik denk dat hij... d...dood is... Ik weet niet wat ik..."

Tante Pearl greep de telefoon uit mijn handen en schreeuwde: "Geloof je me nu eindelijk, Ruby? Ga daar onmiddellijk weg!! We zijn verdoemd!"

Ik pakte de telefoon weer af. Het was lastig om Mams half afgemaakte zinnen te begrijpen, zeker nu er ook nog een vreemd getik op de lijn te horen was. "Mam, doe even rustig en vertel het nog een keer. Ik begrijp er niks van."

Ze snikte en ging hakkelend verder. "I...ik heb geprobeerd hem te redden. Ik ben in het water gesprongen om hem eruit.... Hij... hij bewoog niet... meer, het was te laat. Ik denk dat hij d...dood is..."

Ik realiseerde me nu dat het getik afkomstig was van Mams klapperende tanden. Ze was in de vrieskou met al haar kleren aan in het zwembad gesprongen.

"Ik kom eraan, Mam. Blijf aan de lijn en doe verder niets totdat ik er ben."

Waarschijnlijk was ze al onderkoeld, of zelfs erger. Ik rende de hal in, greep mijn jas en sprong in mijn schoenen. Ook Mams dikste winterjas griste ik van de kapstok en rende naar buiten.

Terwijl ik half rende naar mijn auto op de parkeerplaats zei ik: "Heb je de brandweer al gebeld?" Westwick Corners was te klein voor een spoedpost met een ambulancedienst. Bij een ongeval werd daarom altijd de vrijwillige brandweer gebeld. Als er toch meer hulp nodig was, dan konden we voor hulp bellen naar Shady Creek, maar dat lag een uur rijden bij ons vandaan. Het was wellicht wel duidelijk dat als we hen nodig hadden, het waarschijnlijk toch al te laat was.

"Ik... ik heb jou eerst gebeld. Wat moet ik doen?" Mam begon steeds zachter en warriger te klinken. Eigenlijk had Mam eerst Sheriff Tyler Gates moeten bellen, maar ze was te zeer in paniek om helder te kunnen denken.

Met Mams jas over mijn schouder hangend kwam ik bij mijn auto aan. "Ik bel wel om hulp. Probeer een beetje warm te blijven ondertussen."

Net toen ik het portier opende, verscheen tante Pearl achter me. Ze trok Mams jas van me af, verdraaide mijn pols en schreeuwde: "Ga er niet heen, Cendrine! Je komt niet meer levend terug!"

Ik trok mijn arm los uit haar verbazingwekkend sterke greep en ging achter het stuur zitten, waarna ik meteen Tyler belde.

Tante Pearl vloekte en rende om de auto heen naar de passagiersplek. Ze trok de deur open en kwam naar binnen, waarna ze Mams jas op de achterbank gooide. "Je gaat niet. Ik verbied het je."

"Natuurlijk ga ik wel! Mam heeft mijn hulp nodig."

Tyler nam meteen zijn telefoon op.

Ik legde hem uit wat Mam had aangetroffen, terwijl ik de auto startte en in de eerste versnelling zette. "Mam is bij het Rocklin Huis. Er lag een man in het zwembad, bewusteloos."

"Wacht even, dan roep ik de brandweer op." Ik hoorde wat statisch gekraak toen Tyler in zijn radio sprak en op de achtergrond zei iemand iets onverstaanbaars. "Oké, ze zijn op weg. Wat doet Ruby eigenlijk bij het Rocklin huis? Ik dacht dat het leeg stond."

"Mam heeft het huis gehuurd en nu heeft ze het onderverhuurd aan gasten van buiten de stad. Misschien ken je ze wel. Het is de 'Real McCoy'-familie, van die tv-serie. Ik denk dat Mam daar nu alleen is, maar ze was heel moeilijk te verstaan. Ze zei dat ze Steve McCoy in het zwembad zag drijven." Ik zag een beeld voor me waarbij Mam worstelde om Steve, een man die twee keer zo groot was als zij, uit het zwembad te trekken.

"Ik ga er direct naartoe," zei Tyler.

"Ik ook." Ik brak het gesprek af en zag een lege plek op het parkeerterrein waar eerder nog Jasons auto had gestaan. Was hij teruggegaan naar het Rocklin Huis? Mam had niet gezegd dat er nog iemand anders was. Maar voor een boze, jonge gozer was er hier in het dorp verder niet veel te doen. Welke kant je ook op ging, je vond alleen maar akkers, boomgaarden en wijngaarden, waar in de winter ook niet veel aan te zien was.

Jason zou wel iets uit te leggen hebben, zeker als Steve's dood niet slechts een vreselijk ongeluk bleek te zijn. Ik dacht terug aan hun ruzie eerder vandaag. Hoever zou een brutale, arrogante zoon durven gaan om zijn zin te krijgen?

Als Jason onschuldig was, en ook nog niets wist over wat er met zijn vader was gebeurd, dan zou hij daar snel genoeg achter komen.

Net als de rest van de wereld. Een beroemdheid, die verdronken was in een zwembad ergens in een bijna-spookdorp, heel ver weg van Hollywood. Dat zou Westwick Corners wel op de kaart zetten. Maar helaas niet in positieve zin.

Ik keek even opzij naar tante Pearl. "Jij zei dat je nooit in de buurt van het Rocklin Huis wilde komen, dat het veel te gevaarlijk was. Wat doe je dan nu hier?"

"Eén dode is er al één te veel. Wanhopige tijden vragen om wanhopige maatregelen, Cen. We hebben toverspreuken nodig die onze capaciteit eigenlijk heel ver te boven gaan."

"Ik kan het zelf anders prima aan." Maar, het enige wat ik kon doen was op z'n minst zorgen dat tante Pearl niet in de buurt kwam van onze gasten. Om ook nog een vloek tegen te houden op een plek waar mogelijk een misdaad was gepleegd, zou mij zeker boven mijn pet gaan. Maar dat tante Pearl ook nog eens in de buurt was, zou alles absoluut erger maken.

Zo snel als ik kon zonder de macht over het stuur te verliezen, reed ik over de lange kronkelende grindweg. Toen ik bij de hoofdweg kwam, vloog het grind ons om de oren toen ik schakelde en de bocht nam.

"Je zal alles verpesten, Cendrine. Jij en je moeder…"

"Je had bij de B&B moeten blijven, tante Pearl. Iemand moet Lucky in de gaten houden, als je dat nog niet door had."

"Probeer nu niet van me af te komen, want je hebt mijn hulp nu meer dan ooit nodig. Ruby is de oorzaak van al deze ellende en jij hebt haar gewoon geholpen. Zoals gewoonlijk ben ik weer degene die het kan oplossen."

Discussiëren met tante Pearl was zinloos. Ik keek opzij en zag dat ze mijn telefoon in haar handen had.

Ze boog naar voren en zachtjes fluisterde ze tegen de telefoon.

"Wie heb je aan de lijn?" Maar ik realiseerde me dat ze deed alsof, omdat ze wilde verbergen wat ze eigenlijk deed: het uitspreken van toverspreuken.

In haar linkerhand omklemde ze stevig een paar gepolijste stenen en ze mompelde zachtjes.

"Hou op, tante Pearl! Je maakt het alleen maar erger!"

"Het kan niet erger worden dan dit, Cendrine. We moeten deze vloek bestrijden met alles wat in onze macht ligt. Steve is het eerste slachtoffer, maar hij zal zeker niet de laatste zijn."

HOOFDSTUK 12

*T*oen we bij het Rocklin Huis aankwamen, zagen we brandweerauto nummer 1 uit Westwick Corners al staan. Hij stond schuin op de oprijlaan naast het huis. Ook Tylers Jeep stond er, op de cirkelvormige oprit vlak voor het huis. Ik stuurde mijn SUV naar het einde van de oprijlaan en parkeerde zodanig dat de hulpdiensten er geen last van hadden. We stonden nog maar nauwelijks stil of tante Pearl sprong de auto uit en gooide de deur hard dicht. De paarse pailletten op haar trainingspak weerkaatsten het winterzonnetje terwijl ze over de oprit naar Tylers Jeep rende.

Ik hield mijn adem in en vreesde het ergste toen ik de auto uitstapte en Mams jas van de achterbank pakte. Ik smeet de deur dicht en ging snel achter tante Pearl aan. Terwijl ik rende, hoorde ik mannenstemmen achter de laurierheg die de voortuin scheidde van de tuin en het zwembad aan de achterzijde. Waarschijnlijk de brandweermannen die hun uiterste best deden om Steve te reanimeren.

Al bellend stapte Tyler zijn auto uit. Hij had geen uniform aan en zag er casual uit in een katoenen shirt, jeans en wandelschoenen. Zijn jack had hij in zijn handen, maar hij legde het terug in de auto. Even kort keek hij me aan voordat hij zich omdraaide naar tante Pearl, die met de snelheid van een Olympisch atleet op hem af rende.

Ze was maar half zo groot als Tyler, maar ze greep zijn arm met zo veel kracht dat zijn telefoon uit zijn hand vloog en hij wankelde op zijn voeten.

Ze schreeuwde hem toe: "Je kunt dit maar beter snel oplossen, sheriff. Anders zullen er nog meer doden vallen."

Tyler bukte om zijn telefoon op te rapen. Toen hij overeind kwam zei hij tegen tante Pearl: "Ik hoop maar dat je hier een goede reden voor hebt, Pearl. Weet je er soms meer van?"

"Waar is Ruby, Sheriff?" vroeg tante Pearl terwijl ze rondkeek.

Kalm liep Tyler terug naar de Jeep en opende de passagiersdeur. "Ze zit hier."

Mam had voorovergebogen gezeten en kwam nu overeind en zwaaide zwakjes. Ze huilde.

Tante Pearl rende naar Mam en trok haar uit de Jeep. "Ik moet je nakijken, Ruby, om te zien of je niets hebt."

Ik hielp Mam met het aantrekken van haar jas toen net twee brandweerleden uit het huis kwamen en rustig naar de brandweer-wagen liepen. Dat ze geen haast maakten, kon maar één ding beteke-nen: Steve had het niet gehaald.

Ik schraapte mijn keel. "Is Steve McCoy...?"

De mannen probeerden mijn blik te ontwijken.

"Hij is dood," zei de oudere van de twee.

Tyler raakte even mijn arm aan. "De forensisch patholoog is al onderweg."

De forensische arts moest uit Shady Creek komen, een uurtje hier-vandaan, en ik had Tyler pas een paar minuten geleden gebeld. Het zou dus wel even duren voordat ze hier was. Ik kreeg een knoop in mijn maag toen ik zag hoe de brandweerlui hun spullen rustig weer opborgen. Misschien hadden Oma Vi en tante Pearl wel gelijk over de Rocklinvloek. De kans dat je midden in de winter verdronk in een buitenzwembad was heel klein.

Aan de andere kant was het ook best vreemd om in deze omstan-digheden te gaan zwemmen. Steve had verteld dat hij wilde gaan zwemmen in het buitenzwembad, ondanks dat het buiten vroor. Dat betekende dat hij vrijwillig het zwembad was ingedoken en enorme temperatuurverschillen konden zelfs bij de gezondste mensen een hartaanval of een ander medisch probleem veroorzaken. Ik had al de grootste moeite om mijn grote teen in een verwarmd binnenzwembad te steken en ik kon me niets voorstellen bij een workout die inhield dat je midden in de winter in ijskoud water moest plonzen.

En toch kon ik de gedachte dat hij erin geluisd was niet van me afzetten. Er klopte iets niet en ik kon er mijn vinger niet precies op leggen.

Westwick Corners zou nu voor altijd bekendstaan als de plek waar de helft van het *The Real McCoys*-echtpaar vroegtijdig om het leven was gekomen. Steve McCoy was dan wel niet de eerste vakantieganger die in ons dorp was overleden, maar hij zou waarschijnlijk wel de laatste zijn. Want zodra dit nieuws bekend werd, zou vast niemand hier meer op vakantie willen komen. Als je het sterftecijfer zou berekenen per hoofd van de bevolking, dan was dat afschuwelijk hoog.

Ons familiebedrijf en het toerisme in ons dorp, in al die jaren met zo veel moeite opgebouwd, zouden allebei ten onder gaan. Aan de andere kant waren realityseries hét bewijs dat slechte publiciteit ook reclame was, en berucht zijn was beter dan vergeten worden.

Tyler raakte even mijn schouder aan en knikte naar een plek buiten gehoorsafstand. Hij schraapte zijn keel. "Ik begrijp niets van wat Ruby zegt. Ze zei dat zij de eigenaar is van dit huis. Maar sinds wanneer is dat, Cen? Ze heeft er nooit eerder iets over gezegd."

Ik voelde dat ik rood werd terwijl ik snel nadacht over hoeveel ik hem kon vertellen. "Eh… ze was… ze heeft het pas sinds kort overgenomen. Ik kan me niet herinneren sinds wanneer precies."

"Maar jij hebt ook niet…"

Met opgeheven hand onderbrak ik hem. "Ze heeft het ons pas vanmorgen verteld."

Mijn abruptheid deed Tylers wenkbrauwen fronsen. "Ruby zegt altijd dat de B&B niet veel opbrengt en dit huis moet een fortuin hebben gekost. Hoe heeft ze dat dan kunnen betalen?"

Ik beet op mijn lip terwijl ik koortsachtig nadacht over wat ik over Mams project kwijt wilde. "Mam zei dat ze een geweldige deal had en dat ze veel zelf heeft gedaan om het op te knappen. Ze wilde het ons eigenlijk niet vertellen, omdat tante Pearl blijft volhouden dat dit huis vervloekt is." Tyler wist dat we heksen waren, maar het leek me niet goed om te veel te zeggen over de details van de vloek. Bovendien wist hij niets over Oma Vi, dus over haar vertelde ik niets. Het leven met een geest ging al alle logica te boven en Tyler had nu meer dan genoeg aan zijn hoofd waar hij zich op moest concentreren.

Tyler knikte. "Welke idioot gaat nu midden in de winter zwemmen in de vrieskou? Het lijkt me nogal vreemd om in februari in een buitenzwembad te verdrinken. Ik denk dat ik deze keer Pearl gelijk moet geven. Dit huis zou best wel eens vervloekt kunnen zijn."

Nadat ik had verteld dat Steve had aangekondigd dat hij zou gaan zwemmen, keek ik om me heen naar tante Pearl, maar ze was verdwenen, net als Mam. "Mogen ze hier gewoon zomaar rondlopen?" vroeg ik aan Tyler.

"Absoluut niet. Ze zijn vast bij het zwembad." Hij gebaarde me om hem te volgen.

"Je gelooft toch niet dat dit een ongeluk was, of wel? Steve had Mam en mij verteld dat hij iedere dag zwom."

Tyler haalde zijn schouders op. "Het is nog een beetje vroeg om daar iets over te zeggen. Waarom denk je dat het geen ongeluk was? Weet je soms iets wat ik niet weet?"

Vlug vertelde ik over de eerdere ruzie van de McCoys en ook over het gesprek dat ik in het café had gehoord tussen Lucky en Jason. "Ik weet het niet. De McCoys zeiden dat ze voor Westwick Corners hadden gekozen omdat het er zo rustig is. Ze beweerden dat hun verblijf hier geheim was."

"Als dat klopt, dan beperkt dat het aantal verdachten. Maar er zullen ook minder getuigen zijn in het geval van moord, als dat is wat je wil zeggen," zei Tyler.

Ik keek bedenkelijk. "Grote sterren zoals de McCoys hebben vast ook te maken met gestoorde fans, stalkers misschien ook. Zelfs als ze tegen niemand iets hadden gezegd over hun geheime tripje, dan kan iemand ze nog wel tot in Westwick Corners gevolgd zijn. Oh ja, en dan nog iets: er is hier een kleine filmcrew voor 'The Real McCoys'. Ze hebben vanmorgen ingecheckt in de B&B."

Bedachtzaam krabde Tyler aan zijn kin. "Willen ze hier filmen?"

"Steve en Serena zeiden wel dat het een vakantie was, maar je weet hoe het gaat met realityseries. Ze filmen alles en leggen iedere beweging vast. Misschien was er wel een boos crew lid dat het op Steve had gemunt."

"Jij hebt kennelijk al besloten dat het moord was, Cen, maar je trekt veel te snel conclusies. De forensisch patholoog is hier nog niet eens om het lichaam te onderzoeken. Waarom zou iemand van de filmcrew de helft van een duo uit een realityserie vermoorden, terwijl zij zijn salaris betalen? Als de serie stopt, dan hebben zij geen baan meer."

"I... ik heb gewoon zo'n gevoel..."

Bij de poort, die opnieuw was afgesloten, hielden we even stil.

Tyler deed de hendel omhoog en opende het hek, dat goed vastzat aan de zijmuur van het huis aan de ene kant en geflankeerd werd door een anderhalve meter hoge heg aan de andere kant. Dankzij de heg kon men ongestoord zwemmen of zonnebaden, maar iemand die in de struiken stond, had zo ook goed zicht op zowel de voor- als de achtertuin.

"Pearl heeft jullie helemaal opgefokt," zei hij toen we door de poort liepen en Mam en tante Pearl naast de heg bij het zwembad zagen staan. Hij wees naar hen en zei: "Blijf allebei onmiddellijk staan en geen beweging, tenzij ik het zeg."

Mam knikte verontschuldigend, maar tante Pearl reageerde niet. Ze wankelde op haar voeten en leek wel in trance, zoals ze zachtjes mompelde. Ik stond er vlakbij, maar kon niet verstaan wat ze zei. Dat hoefde ook niet, want ik herkende het ritme van een toverspreuk. Het was natuurlijk veel te laat voor een beschermingsspreuk, maar tante Pearl dacht waarschijnlijk dat het te proberen viel. Ze herhaalde de spreuk drie keer, maar zonder succes.

Ze stond te stampvoeten als een peuter met een woedeaanval. "Oh, alle donders nog aan toe! Zie je nu wat je aangericht hebt, Ruby? Al mijn toverkracht is verdwenen, hop, zo maar ineens!" Tante Pearl knipte met haar vingers, maar ze maakten geen geluid. "Je hoort mijn vingers niet eens meer!"

Tyler slaakte een zucht van frustratie. "Cen, neem ze mee naar de voorzijde en wat je ook doet, kijk niet naar…"

Het was al te laat, ik had me al omgedraaid en mijn ogen bleven hangen op een ligbed naast het zwembad. Er lag plastic overheen, maar de contouren van een lichaam waren niet te missen. Even hield ik mijn adem in.

Tyler sloeg zijn arm om me heen en draaide me om. "We gaan hier nu weg, zodat we verder geen sporen kunnen vernietigen."

Tante Pearl was weer uit haar trance gekomen en vloekte. "We zijn verloren! Wij allemaal!"

"Tante Pearl denkt dat Steve is overleden vanwege een vloek die over onze familie is uitgesproken," fluisterde ik tegen Tyler. "Ik wou dat er een logische verklaring was zodat ze niet meer zo met die vloek bezig is. Ik ben bang dat ze anders drastische dingen gaat doen."

"Maar jij bent al tot de 'logische' conclusie gekomen dat het moord is," antwoordde Tyler. "Het kan ook gewoon een stom ongeluk zijn geweest."

"Misschien, maar jij onderzoekt alle mogelijkheden, toch?" Als het een ongeluk was, dan zou tante Pearl de vloek daar de schuld van geven. Als het moord was en de moordenaar werd gepakt, dan was er tenminste een andere verklaring voor Steve's tragische dood.

"Natuurlijk doe ik dat; ik sluit niets uit. Als het opzet was, en ik zeg niet dat ik dat denk, dan was het waarschijnlijk een persoonlijke kwestie. Een klein dorp, ver weg van nieuwsgierige ogen. Iemand die met moord probeert weg te komen…"

Mijn gedachten gingen weer naar Jason. Zijn auto had niet meer bij de Witching Post Bar gestaan toen ik wegging. Hij was boos op Steve en Serena en zijn gesprek met Lucky had behoorlijk verdacht geklonken. Jason was boos en arrogant, maar was hij ook in staat om zijn vader te vermoorden?

"Kom mee, we gaan allemaal even in mijn Jeep zitten terwijl we wachten op de politie en de forensisch patholoog uit Shady Creek." Tyler gebaarde ons om hem te volgen. Mam ging in de Jeep op de passagiersstoel zitten. Ik dook met tante Pearl op de achterbank. Ze had Tylers jack van de zitting gegrist en haar tanden klapperden terwijl ze het veel te grote jack aantrok. Haar handen stopte ze diep in de zakken.

Tyler zette de verwarming voluit, draaide zich half om en zei tegen Mam: "Ruby, begin maar bij het begin. Wat is er precies gebeurd?"

Klappertandend begon Mam te praten: "Ik kwam hier om wat ideeën voor boeketten langs te brengen zodat Serena ernaar kon kijken. En ik had nog een paar andere ideetjes over de ceremonie waar ik het met haar over wilde hebben. Steven en Serena zouden namelijk hun huwelijksgeloften vernieuwen, weet je." Ze keek Tyler strak aan en gluurde daarna even naar mij in de achteruitkijkspiegel.

Ik rolde met mijn ogen na Mams overduidelijke hint op een bruiloft. Het leek me nogal ongepast, zeker gezien de omstandigheden waardoor we nu hier zaten.

Tyler reageerde niet op Mams hint en zei: "Oké, en wat gebeurde er toen?"

"Steve zei dat ik binnen kon komen. Hij riep dat Serena aan het winkelen was en dat hij op het punt stond om te gaan zwemmen en dat ik de boeketjes in de keuken kon achterlaten. Dus dat deed ik. Ik schreef een briefje voor Serena en ik draaide ook de warmwaterkraan in de keuken dicht, want die stond nog open. En toen ging ik weg. Maar toen ik de deur uitliep, herinnerde ik me dat ik ook nog moest weten of ze het eens waren met het menu. Dus ik riep Steve en toen ik geen antwoord kreeg, ben ik buiten naar hem op zoek gegaan bij het zwembad. En daar heb ik hem toen gevonden." Mam barstte in huilen uit.

"Hoe lang was je binnen voordat je weer vertrok?" vroeg Tyler.

Mams onderlip trilde. "Hooguit een minuut of vijf. Ik kan het gewoon echt niet geloven dat hij het ene moment nog leefde en toen..."

"Je kunt in een paar seconden al verdrinken." Tante Pearl trok haar hand uit Tylers jaszak. Toen ze hem opende lag er een klein juweliersdoosje in.

Mijn ogen werden groot van schrik. "Stop dat terug!" fluisterde ik.

Tante Pearl grinnikte. Ze deed haar hand opnieuw in de zak, maar trok hem weer terug. Deze keer opende ze het doosje en een prachtige diamanten ring werd zichtbaar. Vlug deed ze het doosje weer dicht.

Even hield ik mijn adem in. Gelukkig was Tyler nog bezig met Mam en had hij niet in de gaten wat er allemaal op de achterbank gebeurde.

Mams woorden werden afgewisseld door snikken. "I... ik heb alles gedaan wat... ik ben in het zwembad gesprongen om Steve te redden. Ik probeerde hem aan zijn arm naar de rand van het zwembad mee te krijgen, maar het water was zo koud dat mijn handen bijna bevroren. Ik wilde hem reanimeren, maar in het zwembad was dat niet te doen. Ik heb zó mijn best gedaan, maar hij was zo groot en te zwaar om uit het zwembad te kunnen trekken."

Ik vroeg wat het meest voor de hand lag: "Je had toch een toverspreuk kunnen gebruiken?"

Mam zuchtte. "Dat heb ik ook als eerste geprobeerd, maar er gebeurde niets. Al mijn toverkrachten zijn verdwenen."

Tyler fronste. "Heb je ook om hulp geroepen?"

"Ja," fluisterde Mam. "Ik heb zelfs geschreeuwd, maar niemand reageerde. Ik hoorde of zag niemand, ik was helemaal alleen."

"Ik heb je gewaarschuwd," zei tante Pearl terwijl ze me met haar elleboog een por tussen mijn ribben gaf.

"Hé!" Van de pijn boog ik dubbel. Ik vond niet dat ik zo'n behandeling had verdiend, maar blijkbaar was ik na Mam, die veilig voorin zat, haar volgende doelwit.

Nu gaf tante Pearl me een duw. "Geloof je me nu eindelijk, Cen? We hadden hier nooit één voet over de drempel moeten zetten. Als we nu vertrekken is het misschien nog niet te laat om ongedaan te maken wat Ruby allemaal heeft gedaan en kunnen we onze krachten nog terug krijgen."

Terwijl ik probeerde een beetje van tante Pearl vandaan te schuiven, sprong de knoop van mijn broek. Ik werd met de minuut dikker.

Tante Pearl grinnikte. "Dikzak."

Binnensmonds vloekte ik.

"Er gaat helemaal niemand ergens heen voordat ik het zeg." Tyler sloot met een druk op een knop alle portieren af om zijn uitspraak te benadrukken.

Mams plan om meer geld te verdienen was letterlijk vervloekt. En, blijkbaar ik ook. Tante Pearl had Tylers verlovingsring gestolen en leek er alles voor over te hebben om zijn aanzoek te voorkomen. Alles leek nu snel van kwaad tot erger te gaan. Zonder toverkracht waren we als heksen compleet machteloos en het enige wat wel toenam, was de omtrek van mijn taille.

Erger kon het toch niet worden?

HOOFDSTUK 13

*N*adat Mam een aantal keer had verteld over wat er precies was gebeurd, vroeg Tyler of ze met hem mee wilde lopen naar het zwembad. Mam aarzelde en vroeg of tante Pearl en ik ook met haar mee mochten. Dat mocht van Tyler, als we hem beloofden dat we niets aan zouden raken. We volgden Tyler en Mam door de poort aan de zijkant van het huis, die naar het zwembad leidde.

Onze aanwezigheid op de plek waar iemand was overleden was niet helemaal in de haak, maar wat er nu met Mam gebeurde ook niet. Ze begon onsamenhangend te praten en bij het lopen struikelde ze steeds. Mam was een belangrijke getuige en Tyler had haar verhaal nodig nu alles nog vers in haar geheugen zat, maar ze had ook onze hulp nodig, want haar conditie ging alsmaar verder achteruit.

Mam raakte ook steeds meer overstuur, want tante Pearl bleef haar ervan beschuldigen dat zij de oorzaak was van het reactiveren van de vloek. Ik probeerde ervoor te zorgen dat tante Pearl het allemaal niet nog erger maakte dan het al was, maar ze was vastbesloten om van Mam excuses te krijgen.

Tyler gebaarde dat tante Pearl en ik bij het hek moesten wachten terwijl hij met Mam naar het zwembad liep. Vervolgens draaide hij zich naar ons om en hield zijn hand omhoog. "Blijf daar en ga alsjeblieft niet rondsnuffelen."

Maar zodra Tyler zich weer had omgedraaid, was rondsnuffelen het eerste wat we deden. Ik volgde tante Pearl, die er belachelijk uitzag in Tylers jack dat haar minstens tien maten te groot was. De mouwen had ze opgestroopt, maar het jack kwam zo ongeveer tot haar knieën.

Mams muffinmand lag op zijn kant aan de rand van het zwembad. Een spoor van muffins leidde naar het zwembad en er dreven er zeker drie als kleine eilandjes in het dampende water.

Tante Pearl pakte mijn pols vast met de greep van een bankschroef. "Zo raak je je eetlust wel kwijt, niet dan, Cen?"

"Au!" Ik trok mijn arm terug en zag op hetzelfde moment naast me iets bewegen. Ik probeerde tante Pearl nog te pakken, maar het was al te laat en binnen een paar seconden stond ze bij het zwembad.

"Kom terug!" Ik probeerde zo zachtjes te roepen dat alleen zij me kon horen.

Ze negeerde me.

Tyler en Mam waren ondertussen al bij de openslaande deuren die toegang gaven tot het huis. Ze liepen met hun rug naar ons toe en waren diep in gesprek, zich totaal niet bewust van wat tante Pearl allemaal uitspookte.

Ik rende ook naar het zwembad en zei nu met hardere stem: "Tante Pearl, ga weg bij het zwembad!"

Tyler en Mam hadden helemaal niets door van tante Pearls overtredingen. Mam liep haar stappen na bij het navertellen van de gebeurtenissen.

Tante Pearl bleef me negeren en knielde neer bij het zwembad. Ze stak haar hand in het water, waarbij de mouw van Tylers jack nat werd. In haar samengebalde hand had ze de verlovingsring.

"Wat dóe je?" siste ik.

Wankelend stond ze weer op en verloor bijna haar evenwicht. Ze opende haar hand en pakte met duim en wijsvinger de ring op. Ze hield hem tegen het licht en zei met toegeknepen ogen: "ik vraag me af of hij echt is."

"Natuurlijk is hij echt! Doe hem terug!" Ik rende op haar af en greep haar andere hand, waarna ik haar bij de zwembadrand vandaan trok. "Ga weg bij het zwembad of ik..."

"Of anders wat, Cendrine? Je hebt totaal geen idee waar je mee te maken hebt en de sheriff ook niet. Het gaat hier om een dodelijk vloek en je vriendje kan daar helemaal niets aan doen." Ze rukte haar hand los en knielde weer bij de rand van het zwembad. Met haar hand in het water probeerde ze de drijvende muffins dichterbij te laten komen.

Ik hield mijn adem in. "Tante Pearl, je valt er zo nog in!"

Precies op dat moment gleed ze gevaarlijk verder naar de rand.

"Ga daar nou weg!"

"Ik... ik moet onze sporen uitwissen..."

"Welke sporen?" Ik boog me naar haar toe, greep haar linkerarm en trok haar weg. Ze tuimelde achter me langs op veilige afstand van de zwembadrand. Helaas verloor ik hierdoor ook mijn evenwicht en viel voorover op de rand, waarbij mijn hand in het water terechtkwam.

"Cendrine! Je hebt de plek van de misdaad besmet!" Tante Pearl stond verrassend lenig alweer snel op haar voeten. Ze wreef haar handen samen om de rijp van de tegels langs het zwembad van zich af te schudden.

Zo te zien had ze niets meer in haar handen, er was geen spoor meer van de verlovingsring.

"Waar is de ring? Heb je hem weer in de jaszak gestopt?" Ik lag nog steeds op de grond en kon dankzij mijn toegenomen gewicht en de ijzige grond maar moeilijk overeind komen.

Tante Pearl snoof. "Dat is allemaal geregeld. Ik heb gedaan wat moest gebeuren om ons te kunnen redden. Daarom moest ik al onze sporen wissen, zodat de Rocklins niet..."

"De ring heeft daar niets mee te maken," hijgde ik. "Waar is hij?"

"Hé, ga daar weg!" Met een gespannen uitdrukking op zijn gezicht haastte Tyler zich naar ons toe. Mam schuifelde klappertandend achter hem aan.

Ik rolde mezelf op mijn kont en voelde onmiddellijk de ijzige grond door mijn kleding heen. Nadat ik was gaan zitten, schudde ik het water van mijn hand, die door de ijskou al begon te tintelen. Bij een verwarmd zwembad had ik me warmer water voorgesteld, zelfs bij een buitenzwembad in februari. Mijn kont voelde ik niet meer toen ik wilde gaan staan. Steve moet wel gek zijn geweest om bij deze temperaturen te gaan zwemmen.

Tyler stak zijn hand uit om me overeind te helpen. "Wat is hier gebeurd?"

"Tante Pearl wilde net…"

Tante Pearl grijnsde, haar armen gekruist voor haar borst. "Ik zei al tegen Cen dat ze bij het hek moest wachten, maar ze wilde niet luisteren. Op de bevroren grond ging ze onderuit. Gelukkig kon ik voorkomen dat ze het water in zou vallen en net zo zou eindigen als die vent." Ze wees naar het ligbed.

Ik kon haar alleen maar aanstaren.

"Ik kan jullie niet eens even een paar seconden alleen laten zonder dat er een ramp gebeurt, hè." Tyler wees naar de poort. "Pearl, neem Ruby mee naar Cens auto en zorg dat ze het een beetje warm krijgt. Cendrine, kom met mij mee."

Ik greep tante Pearls arm en fluisterde: "De ring zit in de jaszak, toch?"

"Misschien."

"Kun je het op z'n minst even controleren?" Ik werd misselijk bij de gedachte dat de ring nu op de bodem van het zwembad lag. Had de ring de hele tijd al in Tylers jaszak gezeten, of had tante Pearl de ring misschien ergens in de Jeep gevonden? Ik geloofde niet dat ze zoiets drastisch zou doen, maar ik kon me ook niet voorstellen dat Tyler zo slordig zou zijn om een dure diamantenring zo maar in zijn jaszak te laten zitten.

Maar met Tyler in de buurt kon ik er niets meer over zeggen, want het was natuurlijk niet de bedoeling dat ik al iets wist over de ring. In plaats daarvan gaf ik tante Pearl mijn autosleutels. "Stook het maar flink warm. In de kofferbak ligt ook nog een kleed en wat extra kleren."

Tante Pearl zette haar handen op haar heupen. "Waarom mag Cendrine wel hier..."

"Weg nu." Tyler snoerde haar de mond en wachtte totdat tante Pearl aan de andere kant van het hek was voordat hij tegen mij riep: "Wat was dat in vredesnaam allemaal?"

"Het... het spijt me. Maar tante Pearl was ineens bij het zwembad. Ze verloor haar evenwicht en ik was bang dat ze erin zou vallen, dus ik greep haar vast. En daardoor viel ik zelf om." Gegeneerd keek ik naar het zwembadterras. Er stond zelfs een afdruk van mijn kont in de ijzige rijp.

Tyler wreef over zijn slapen. "Waar ze ook komt veroorzaakt ze problemen. Maar ik had zelf ook beter moeten opletten. Maar ik was ergens door... afgeleid... ik weet niet meer wat.... Heel gek, maar ik voel me niet helemaal lekker."

"Nee, ik ook niet." Mijn gedachten schoten alle kanten op en ik had moeite om me te concentreren op wat er allemaal gebeurde. Het leek wel een wazige dagdroom, maar dan wel een nachtmerrieachtige. Misschien bestond die vloek uiteindelijk toch.

"Hé!" klonk een mannenstem achter ons.

Ik draaide me om en zag Lucky bij de poort staan.

Meteen rende ik op hem af en blokkeerde hem de doorgang. "Je mag niet naar binnen. Wat doe je hier eigenlijk? Je zou nu in de Witching Post achter de bar moeten staan."

Lucky fronste. "Niet waar, je zei toch dat ik hier moest zijn, om foto's te maken? Ik heb meer dan een uur bij de bar staan wachten, Cen. Je bent helemaal vergeten om me op te halen."

"Die opdracht was voor morgen, niet voor vandaag." Niet alleen had Lucky de dag en het tijdstip verkeerd, maar ik was er vrij zeker van dat ik hem verder helemaal geen details had verteld. En ik had hem zeker het adres niet gegeven, omdat ik van plan was geweest om hem op te halen. Ik had hem ook niet gezegd dat de ceremonie bij het Rocklin Huis was. Jason kon hem dat verteld hebben, maar die wist zelf nog niets over het vernieuwen van de trouwgeloften. Volgens Steve en Serena waren alleen Mam en ik op de hoogte van hun geheime plan. "Wie staat er nu achter de bar?"

"Pearl, denk ik. Ik weet zeker dat je had gezegd dat het vandaag was."

Ik haalde even diep adem. Lucky had zelfs de meest simpele instructies, die ik hem nog geen uur geleden had gegeven, verkeerd begrepen. Morgen om 13.00 uur klaarstaan bij de Witching Post, om mee te beginnen. Was hij nu echt zo dom, of was er iets anders aan de hand? Ik dacht terug aan het gesprek dat ik eerder aan de bar had gehoord, tussen Lucky en Jason. Misschien zat ik er helemaal naast, maar het had zo maar over iets crimineels kunnen gaan. Dat Lucky nu hier stond, was dat alleen maar een vergissing, of had het toch een louchere oorzaak?

"Nee, ik weet zeker dat ik morgen had gezegd. En Pearl is hier ook al de hele tijd, dus dat kun je niet van haar gehoord hebben. Je hebt het café toch wel afgesloten voordat je bent weggegaan?"

Lucky zei niets. Hij draaide zich om en staarde in de verte, zo vermeed hij het om me aan te kijken. De uitdrukking op zijn gezicht zei genoeg, hij had niets afgesloten. Mam had gelijk, het was een kostbare fout geweest om hem aan te nemen.

"De plannen zijn veranderd, dus we hebben uiteindelijk toch geen fotograaf nodig," zei ik. Ik keek naar de heg bij het zwembad. Nu de helft van het bruidspaar niet meer leefde, was de kans erg klein geworden dat er nog een ceremonie zou komen om trouwgeloften te vernieuwen.

"Weet je zeker dat het niet vandaag was?"

Hij moest en zou gelijk hebben.

"Ik weet het zeker, Lucky, want je zou met mij meerijden, weet je nog? Maakt niet uit, de hele ceremonie gaat toch niet door."

Op de oprit was geen spoor te bekennen van Lucky's Ford. Hoe hij hier zonder vervoer was gekomen en zonder dat ik hem het adres had verteld, was een mysterie.

Ik was zo woedend op Lucky, dat ik bijna in de verleiding kwam om een toverspreuk over hem uit te spreken. Door te toveren kon ik ook meteen bewijzen of Mam gelijk had dat haar toverkrachten verdwenen waren toen ze Steve had proberen te redden. Maar eigenlijk was dat niet heel netjes, dus ik besloot het niet te doen.

Lucky keek langs me heen naar het zwembad en vervolgens naar de brandweerauto's en Tylers Jeep op de oprit. Hij wees naar de stretcher en zei: "Is dat de kerel die zou gaan trouwen? Hij moest zeker effe afkoelen."

HOOFDSTUK 14

De uren die volgden gingen in een waas voorbij. Tante Pearl bracht met mijn Honda Lucky naar huis. Vlak daarna arriveerden de forensisch patholoog en de politie uit Shady Creek. De voorlopige conclusie van de patholoog was dat Steven McCoy's overlijden was veroorzaakt door verdrinking, maar dat moest nog officieel worden bevestigd. De autopsie zou uitwijzen of er water in zijn longen zat, waaruit bleek dat hij nog leefde toen hij het water inging. Of hij dan om het leven was gekomen door een ongeluk of door moord was nog niet duidelijk; ook dat zou pas na de autopsie blijken. Vaststellen hoe iemand precies is gestorven is een gecompliceerd proces. Er moest ook nog veel worden onderzocht: of Steve wel of geen andere verwondingen had bijvoorbeeld en of er nog sporen bij het zwembad zouden worden gevonden.

Omdat de omstandigheden nogal twijfelachtig waren, waren er misdaadonderzoekers uit Shady Creek opgeroepen die de omgeving onderzochten. Zo konden ze vooraf sporen onderzoeken die aantoonden of er wel of geen opzet in het spel was geweest. Was de dood van Steve een tragisch ongeluk geweest, of moord? Of was er nog een andere oorzaak, namelijk de Rocklinvloek?

Ik stond nog bij het hek naast het zwembad en rilde omdat mijn pijnlijke kont nog steeds ijskoud aanvoelde. Ongerust volgde ik alles op veilige afstand. Ik had nog vaag de hoop dat als er een verlovingsring op de bodem van het zwembad lag, de politie hem wel zou vinden. Maar het was ook mogelijk dat hij voor altijd verdwenen was en van dat idee kreeg ik het erg benauwd. Ik ademde diep de ijskoude lucht in en probeerde mezelf te kalmeren terwijl ik wachtte totdat Tyler uitgepraat was met de technische onderzoekers uit Shady Creek. Het leek er niet op dat ze een 'aha!' moment hadden gehad waarop ze een diamantenring hadden gevonden. De patholoog had Steve's lichaam al laten weghalen; het was op weg naar Shady Creek voor de autopsie.

Ik was er niet van overtuigd dat Steve's dood een ongeluk was geweest. En ik geloofde ook niet dat de Rocklinvloek er iets mee te maken had. Het leek gewoon niet te kloppen, maar omdat ik nog steeds niet helder kon nadenken, kon ik niet bedenken waarom. Op dit moment wilde ik mijn zorgen ook nog niet met Tyler delen.

Het was natuurlijk idioot dat Steve buiten wilde zwemmen op een ijskoude februaridag, maar er was nog meer waar ik me zorgen over maakte. Het terras was nog altijd bedekt met een laagje rijp van de afgelopen nacht. De afdruk van mijn kont was nog steeds zichtbaar, net als de voetstappen van de politie, die duidelijk gemarkeerd waren. Ik realiseerde me nu dat vóór de komst van de politie, er helemaal geen andere voetstappen zichtbaar waren geweest bij het zwembad; ook niet die van Steve. De enige voetstappen die we hadden gezien waren van Mam, die waren duidelijk te onderscheiden vanwege haar kleine voeten en de print van de zolen van haar klompen.

Steve was fit geweest, maar hij was ook groot, en zwaar genoeg om sporen achter te laten op het met rijp bedekte terras. Zijn sporen hadden nog uren zichtbaar moeten zijn geweest. Nog maar kort geleden hadden Mam en ik binnen in het huis met hem gepraat. Vervolgens had Mam hem nog gezien, een paar minuten voordat ze hem drijvend in het zwembad had aangetroffen. Als hij niet naar het zwembad was gelopen, hoe was hij daar dan in terechtgekomen?

Iemand kon hem gedragen hebben, hoewel dat onwaarschijnlijk leek aangezien er dan minstens twee sterke mannen voor nodig waren geweest. En volgens Mam had ze bij het huis verder niemand gezien of gehoord.

De achterdeur was dicht geweest, maar niet op slot, en bij een grondige inspectie van het huis door de Shady Creek politie was verder niemand anders aangetroffen. Jason had ruzie gehad met Steve. Hoeveel tijd was Jason al weg bij de Witching Post voordat ik doorhad dat zijn auto daar niet meer stond? Dat Jason was vertrokken rond het tijdstip van Steve's overlijden zou erop kunnen wijzen dat hij erbij betrokken was geweest. Waar was Jason naartoe gegaan vanaf de Witching Post? De enige opties die open waren, waren de supermarkt en een damesmodezaak, niet echt zaken waar Jason graag naartoe zou gaan. Maar misschien was hij alleen maar een stukje gaan rijden. Hoe dan ook, hij had geen alibi.

Ik dacht weer terug aan het vreemde gesprek dat Jason had gehad met Lucky. Had hij aan Lucky verteld waar Steve en Serena logeerden? Zo ja, waarom had hij de uiterst geheime locatie van de McCoys verklapt aan een vreemde? Wat Lucky beweerde over de verwisselde data sloeg echt nergens op. Was het een snel bedachte leugen waarmee hij zijn aanwezigheid bij het huis – en daarmee de plaats delict – kon verklaren? Ook Lucky had geen alibi en, belangrijker nog, helemaal geen reden om daar te zijn.

Mijn gedachten werden verstoord door het geluid van autobanden op het grind. Ik draaide me om en zag een witte Mercedes SUV op de oprijlaan rijden en even uit het zicht verdwijnen bij de bocht van de cirkelvormige oprit vlak voor het huis.

Ik liep op Tyler af en raakte even zijn arm aan om zijn aandacht te trekken. "Serena McCoy is er, Steve's vrouw."

HOOFDSTUK 15

Serena stapte vanaf de achterbank uit de Mercedes. Ze liep over de oprit naar waar Tyler en ik net buiten het hek van het zwembad stonden te wachten. Haar eerdere casual outfit had ze verruild voor designer jeans met borduursels en hoge leren laarzen. Onder haar halflange jas van vossenbont was een witte angoratrui zichtbaar. Of er nu camera's op haar gericht stonden of niet, ze zag er altijd onberispelijk uit, maar dat zou vast snel veranderen.

Ze gebaarde naar de auto's van de politie en brandweer die nog voor het huis stonden en ze leek in verwarring. "Wat is er aan de hand? Waarom staan al die auto's hier?"

"Dit is Serena McCoy, Tyler." Het klonk een beetje belachelijk om een wereldberoemde ster voor te stellen. Iedereen wist wie Serena was, Tyler ook. Ze had geen introductie nodig.

Tyler schraapte zijn keel. "Mevrouw McCoy, ik ben bang dat ik slecht nieuws voor u heb."

Serena keek rond om te zien of er iets niet klopte. Toen ze niks kon ontdekken kruiste ze haar armen en vloekte even binnensmonds. "Wat heeft Jason nu weer op zijn geweten? Die jongen is zo brutaal. Ik zal de schade betalen, maar vertel niemand…"

99

"Het gaat niet om Jason, mevrouw." Tyler klonk beheerst. "Laten we even naar binnen gaan, dan zal ik het uitleggen."

Serena knikte. "Weet Steve er al van?"

"Dat is wat ik met u moet bespreken, mevrouw McCoy," zei Tyler terwijl hij haar bij de arm nam. "Er is een ongeluk gebeurd. Uw man is overleden."

* * *

UREN LATER, nadat we even snel thuis waren geweest om droge kleren aan te trekken, reden Mam en ik terug naar het Rocklin Huis. Volgens Tyler had Serena gevraagd of wij ook aanwezig konden zijn.

Op verzoek van Tyler had de politie uit Shady Creek het terrein onderzocht, relevant bewijsmateriaal verzameld en vervolgens het huis vrijgegeven. Omdat hij in het dorp slechts de enige wetshand-haver was, had hij de hulp nodig van de forensisch onderzoekers uit Shady Creek. Maar het onderzoek zelf en de conclusies daarvan waren uiteindelijk de verantwoording van Tyler.

Omdat de McCoys nog maar kort in het huis logeerden, was er volgens de politie ter plaatse niet veel te onderzoeken geweest. Die conclusie was wel heel snel gekomen, aangezien de omstandigheden rond zijn dood nogal ongewoon waren, wat de oorzaak ook mocht zijn geweest. Was de politie onder druk gezet omdat het hier een beroemdheid betrof? Wat het ook was, het was toch vreemd.

Mam en ik stapten het huis binnen en wachtten even bij de ingang van de woonkamer. De mooie ruime woonkamer voelde nu groot en kil, ondanks het knetterende haardvuur dat Abby, Serena's assistente, had aangestoken.

Tyler gebaarde ons dat we naast hem op een van de twee enorme bordeauxrode banken konden gaan zitten. Mam ging naast Tyler zitten en ik naast haar. Serena en Abby zaten tegenover ons op zo'n zelfde bank. In het midden stond een enorme vierkanten salontafel van mahoniehout, met hetzelfde motief van ineengedraaide rozen en bladeren als bij de schoorsteenmantel en de andere houten accenten in het huis.

Alsof ze een goede vriendin was en niet slechts een werkneemster, had Abby haar arm beschermend om Serena's schouder geslagen. Serena's rode gezicht zag er behuild uit. Ze wiegde heen en weer en staarde naar beneden, oogcontact met iedereen vermijdend. Serena zag er totaal gebroken uit. Onwennig greep ik de armleuning van de bank stevig vast en wenste dat ik ergens anders was.

De gezellige sfeer van onze eerdere ontmoeting was helemaal verdwenen en had plaatsgemaakt voor een stemming die zowel droevig was als vijandig. Het was hoogst ongebruikelijk dat Mam en ik aanwezig waren terwijl Tyler slecht nieuws bracht aan een partner van een dodelijk slachtoffer, maar kennelijk had Serena erop aangedrongen dat we erbij zouden zijn en hoe hadden we dat kunnen weigeren? Ik rilde bij de gedachte aan de krantenkoppen die zouden gaan over de verdoemde ceremonie met een 'tot de dood ons scheidt'. Ongetwijfeld zou het er in de televisieserie ook over gaan, want de dood van Steve konden ze niet zomaar zonder enige verklaring voorbij laten gaan. Uiteindelijk was het een realityserie en nu was een van de twee hoofdpersonen plotseling doodgegaan. Wat er met Steve was gebeurd zou hoe dan ook bekend worden. Ik zag verder niemand van de filmcrew, maar ik was desondanks erg gespannen. Stonden er verborgen camera's op ons gericht die ons filmden? Misschien was ik alleen maar paranoïde.

Met tegenzin had Tyler ingestemd met Serena's verzoek om ons aanwezig te laten zijn. Hij had ons strikte instructies gegeven om geen commentaar te leveren en verder niets te zeggen. Onze taak was om daar te zitten en te zwijgen. Dus deden we erg ons best om als een soort figuranten op het toneel stilletjes op de bank te zitten. Ik hoopte maar dat onze medewerking ervoor zou zorgen dat Mam, en ook Westwick Corners in het algemeen, niet ergens de schuld van zou krijgen, of zelfs te maken zou krijgen met rechtszaken.

Op de bank tegenover ons leunde Serena achterover, met een verwarde uitdrukking op haar betraande gezicht. "Nee, nee, nee! Hij kan toch niet..." Ze jammerde en begroef haar gezicht in haar handen.

"Serena is nu echt niet in staat om te praten," zei Abby. "Kan dit niet later?"

Tyler schudde zijn hoofd. "Nee, het moet nu."

Een flits van woede was zichtbaar in Abby's ogen toen ze zo de mond werd gesnoerd.

Tyler keek naar Serena, die droevig knikte.

Ze zei: "Ik wil dat Abby blijft. Ze is mijn vertrouwenspersoon. Alles wat ik weet, weet zij ook. Ik vertel haar alles. Vertel nog eens wat er is gebeurd."

Tyler haalde diep adem. "Ruby kwam langs met wat proefboeketten. Steve vroeg Ruby om ze in de keuken achter te laten. Toen ze hem even later riep en geen antwoord kreeg, trof ze hem bewusteloos aan in het zwembad."

"Ik kan niet geloven dat hij is verdronken. Wat een verschrikkelijk en tragisch ongeluk!" Abby schudde haar hoofd.

"Waarschijnlijk is hij verdronken, maar dat kunnen we nu nog niet met zekerheid zeggen," verklaarde Tyler. "De patholoog kan daar antwoord op geven na de autopsie."

"Het spijt me zo, Serena. Als er nog iets is wat we kunnen doen..." Mams stem brak.

Ik gaf haar een tikje op haar hand en fluisterde: "We mogen niets zeggen, weet je nog?"

Als reactie pakte Mam mijn hand vast en zei niets meer.

Abby stond op en zei tegen Serena: "Ik bel de scenarioschrijvers en onze woordvoerders. We moeten vooruitdenken." Ze zag Mams vragende uitdrukking en legde uit: "Zo blijft de schade beperkt wanneer de roddelbladen hun eigen versie verzinnen. Praat hier alstublieft met niemand over."

Zouden de roddelbladen echt zo meedogenloos een sensatieverhaal schrijven bij zo'n tragische dood? Dat was het eerste wat bij me opkwam. Het tweede was de Rocklinvloek. Hoe groot was de kans dat de eerste bezoekers van het landhuis direct het slachtoffer zouden worden?

Abby was al aan het bellen om een en ander te regelen toen de voordeur opening.

"Kijk eens wie ik vond terwijl ze rond het huis snuffelde." De lange, gespierde man in de deuropening was dezelfde die ik had gezien toen de filmcrew incheckte in de B&B. Naast hem stond tante Pearl, die er vergeleken met hem iel en mager uitzag.

Ze zag er heel schuldig uit en ik werd onmiddellijk argwanend. Ondanks dat ze zo bang was voor de vloek, was ze toch naar het huis teruggekomen. Ongetwijfeld voerde ze iets in haar schild, maar wat dat precies was, bleef nog even een mysterie.

Mam sprong overeind. "Pearl! Je zou bij de B&B moeten zijn!"

"Ik kom jullie twee halen voordat het te laat is." Ongedurig wipte ze van de ene voet op de andere.

Tyler draaide zich om en keek vragend: "Te laat voor wat?"

Niemand gaf antwoord. Tante Pearl keek naar Mam en ik op mijn beurt keek naar de man in de deuropening. Nu herinnerde ik me waar ik hem eerder had gezien. Hij was in een paar afleveringen van *The Real McCoys* te zien geweest zonder dat hij tekst had gehad. Vanwege zijn lengte en doordringende, groene ogen was hij niet makkelijk te vergeten.

Serena schraapte haar keel en zei: "Dit is Danny Nastasio, mijn chauffeur. Hij was bij Abby en mij toen we eerder vanmiddag aan het winkelen waren."

Danny gaf een bevestigend knikje, waarna hij naar ons toe kwam en naast de bank bij Serena ging staan.

"Waren jullie alle drie de hele tijd samen?" vroeg Tyler.

Serena knikte. "Terwijl wij aan het winkelen waren is Danny in de auto blijven zitten, maar hij stond vlakbij geparkeerd en is daar de hele tijd blijven wachten. We zijn een paar uur weggeweest, toch, Abby?"

Abby legde even haar hand op haar telefoon. "Klopt. Bunny zei dat we die dag tot dat moment haar enige klanten waren, dus ze kan ons vast nog wel herinneren."

"Dat hoop ik wel. Die vrouw is nogal vergeetachtig en chaotisch," zei Serena. "Ze rekende maar de helft van de prijs en gaf ook nog eens te veel wisselgeld terug. Ik heb daar alleen maar iets gekocht omdat ik medelijden had met dat arme mens. Die kleding daar is al zeker tien jaar uit de mode. Geen wonder dat ze verlies lijdt. Ze zou er verstandiger aan doen om alles te verkopen en lekker met pensioen te gaan."

Mijn jurk had ik ook bij Bunny's Key to Fashion gekocht. Zeker, veel van wat ze had hangen was erg gedateerd, maar mijn jurk was een klassieker en echt een pareltje. Maar plotseling ging ik twijfelen. Was die prachtige, met kraaltjes geborduurde jurk, die te klein was om hem nog over mijn heupen te kunnen trekken, niet heel erg ouderwets?

Pearl stond nog steeds in de deuropening. "Zie je nu wat je veroorzaakt hebt, Ruby?"

Mams bevroren lip trilde en het leek alsof ze elk moment in tranen kon uitbarsten.

"Wie ben jij en waarom sta je daar nog?" vroeg Serena.

"Dit is Pearl West, mijn tante. Ze is ons hier komen halen omdat we terug moeten naar de Westwick Corners Inn. Als je het niet erg vindt, dan vertrekken we nu." Ik hoopte dat mijn leugen ervoor zou zorgen dat we konden weggaan, zodat Tyler haar volgens de regels kon ondervragen. Bovendien maakte ik me ook zorgen om de mensen van Serena's filmcrew, die in de B&B zaten. Lucky was er niet en tante Pearl was hier bij ons. Dat zou betekenen dat alleen Oma Vi in de B&B was. En nog belangrijker, niemand lette op de gasten, die ook niets te eten hadden.

Tyler onderbrak ons. "Ruby, ga maar met Pearl mee, dan breng ik Cen later wel thuis. Zij maakt aantekeningen voor mij."

Ik keek even naar Serena of ze daar bezwaar tegen had, maar ze haalde onverschillig haar schouders op.

Nadat ik mijn pen en notitieboek had gepakt, sloeg ik een lege bladzijde open. Hopelijk kon ik ook nog iets van mijn aantekeningen gebruiken voor een artikel, maar daar zou Tyler dan wel eerst toestemming voor moeten geven. Roddelverhalen waren niet mijn sterkste kant, maar dit was toch wel een enorme scoop. Geheime geloften en bizarre ongelukken in een klein afgelegen dorp leverden smeuïge verhalen op.

Serena zou het hele gebeuren vast en zeker ook verwerken in haar realityserie. En als ze dat had gedaan, zou ik er ook over mogen schrijven. Ik had geen contracten getekend waarin me dat werd verboden en dat zou ik ook zeker niet doen. Het hele verhaal werd steeds interessanter.

"Wat is hier verdorie allemaal aan de hand?" Jason McCoy stond in de deuropening, de voordeur nog wijd open.

Met een zakdoekje bette Serena haar ogen. "Jason, ik moet je iets vertellen. Ga zitten."

Hij keek haar argwanend aan. "Hoezo? Waar is Pa?"

"Vertel jij het maar," zei Serena tegen Tyler. "Ik kan het niet."

HOOFDSTUK 16

*N*adat Tyler het slechte nieuws tegen Jason had verteld, vroeg hij hem ook direct waar hij de afgelopen uren was geweest.

"Ik ben een drankje gaan drinken bij de Witching Post. De barman zal me mij nog wel herinneren, want ik heb hem een goeie fooi gegeven." Jason stond bij de open haard en hopte van de ene op de andere voet.

"En waar ben je daarna geweest?" vroeg Tyler.

"Ik ben direct hierheen gereden. Zijn we klaar?" Hij keek de hal in alsof hij van plan was om te ontsnappen.

Ik herinnerde me dat Jasons Porsche niet meer bij de Witching Post had gestaan toen ik wegging en hij reed ook niet bepaald als een slak. Het was vrijwel zeker dat hij loog.

"Kan iemand dat bevestigen?" vroeg Tyler.

Jason keek even naar mij voordat hij zei: "De barman."

"Wie stond er achter de bar?"

Jason haalde zijn schouders op. "Ik weet niet hoe hij heet, maar je bent vast slim genoeg om daar zelf achter te komen. Ik ga naar boven." Zonder verder nog iets te zeggen liep hij langs ons de hal in.

Toen hij weg was, zei Serena: "Jason had vanmorgen ruzie met

Steve. Ruby en Cendrine waren er ook bij en hebben alles gehoord. Hij is woedend weggegaan omdat we hem geen geld meer wilden geven. Zijn hele leven heeft hij nog nooit ergens voor hoeven werken. Steve heeft zijn dure sportauto betaald en zijn drugsverslaving heeft hij gefinancierd met ons geld. Vanwege zijn verslaving hebben we hem uiteindelijk uit de serie geschreven."

"Denk je dat Jason Steve iets zou kunnen aandoen?" vroeg Tyler.

"Wat? Nee! Natuurlijk niet," snifte Serena. "Jason is een rijk en verwend joch. Hij haalt altijd van alles uit en vraagt continu om meer geld, maar Steve vermoorden? Dan zou hij zijn eigen geldkraan dichtdraaien."

"Weet je of Steve vijanden had? Of iemand anders die hem iets zou willen aandoen?" Tyler bestudeerde Serena grondig.

"N-nee, eigenlijk niet. Niet genoeg om hem te vermoorden," zei Serena. "Ik dacht dat je zei dat het een ongeluk was geweest?"

Tyler schudde zijn hoofd. "Dat heb ik niet gezegd. De voorlopige conclusie is dat hij is verdronken, maar wat er precies is gebeurd, dat moet nog steeds worden bevestigd door de patholoog."

"Dus dan was het toch een ongeluk," onderbrak Abby hen.

"Het is nog te vroeg om dat te kunnen zeggen," zei Tyler, terwijl zijn telefoon begon te zoemen. Hij luisterde naar de beller en antwoordde kort. Met een bezorgd gezicht stopte hij de telefoon terug in zijn zak.

"Is er iets mis?" vroeg Abby.

Tyler stond op en gebaarde tegen me dat ik hem moest volgen. "Ga nergens heen zonder het eerst met mij te overleggen. Ik neem later vanmiddag weer contact met jullie op."

HOOFDSTUK 17

*D*ie avond bleef Tyler bij ons in de B&B eten. We zaten in de keuken, na een paar drukke uurtjes waarin we het diner voor onze gasten moesten voorbereiden en serveren in de eetzaal. Tegen de tijd dat we zelf hadden gegeten en opgeruimd was het al na acht uur. Mam en tante Pearl waren ondertussen naar de Witching Post gegaan om daar achter de bar drankjes te serveren.

Toen we samen het korte stukje naar de bar liepen, zagen we Jasons Porsche staan. Hij stond achteruit ingeparkeerd, vlak bij de weg, klaar om snel te kunnen vertrekken. Er stonden nog een paar auto's, waaronder Serena's witte Mercedes.

We gingen het café in, waar het al heel druk was met halfdronken crewleden. Serena en haar gezelschap waren er ook. Gelukkig hadden ze geluisterd naar Tylers verzoek om het dorp niet te verlaten.

Abby stond op het podium dat normaal gebruikt werd bij muziek-optredens en lichtte iedereen in over Steve's tragische dood. Er was nog niet veel te vertellen, in ieder geval niet officieel.

Ik wachtte in spanning totdat Tyler me de laatste conclusies van de patholoog zou vertellen. We zaten aan een klein tafeltje in een rustig hoekje van het café, een beetje van de andere tafeltjes af. Niemand kon horen wat we zeiden en vanaf hier konden we wel iedereen aan zien komen.

"Dit is beter," zei Tyler. "Er is hier genoeg lawaai zodat niemand ons gesprek kan horen."

Mam hielp tante Pearl achter de bar en glimlachte naar ons toen ze ons zag.

Tyler gebaarde haar om even te komen en zei toen tegen mij: "De patholoog vertelde dat ze geen water in Steve's longen heeft aangetroffen, waaruit blijkt dat hij niet is verdronken. Mensen die verdrinken, hebben water in hun longen. Ze sterven aan verstikking, omdat er in hun longen geen zuurstof meer zit, maar water. Ze krijgen geen adem meer en stikken."

Ik schrok. "Dus Steve was al dood toen hij in het water terechtkwam?"

Tyler knikte. "Steve is overleden na een harde klap. Of hij is op zijn hoofd geslagen, of hij is gevallen en heeft toen zijn hoofd gestoten. Maar ik denk dat hij niet bij het zwembad is gevallen, zo blijkt uit de plek en de grootte van de wond. De patholoog denkt dat hij een klap aan de zijkant van zijn hoofd heeft gekregen met een groot, stomp voorwerp. Misschien wel een of ander wapen."

"Denkt ze dat hij is vermoord?" fluisterde ik.

"Zo ver wilde ze niet gaan. Een klap op het hoofd met een stomp voorwerp is nu de doodsoorzaak. Meer kan ze er niet over zeggen, omdat er geen moordwapen is gevonden en er ook geen sporen van een worsteling waren. Ze kan niet met zekerheid vaststellen of het moord was, tenzij we daar meer bewijs voor vinden. Het kan volgens haar een ongeluk zijn geweest, moord, of zelfmoord, maar waarschijnlijk geen natuurlijke doodsoorzaak zoals een hartaanval of een beroerte."

"En nu? Wordt het onderzoek stopgezet?" Mijn maag rommelde en ik nam een slokje van mijn Cola light.

"Dat zei ik niet. Ik zal nog steeds onderzoek doen naar het alibi van iedereen en mogelijke motieven. Maar als Ruby Steve nog heeft gezien, een paar minuten voor zijn dood, zal dat een heleboel mensen uitsluiten."

Mam stond naast me en had stilletjes geluisterd. Ze trok een stoel bij en ging zitten. "Denk jij dat Steve is vermoord?"

"Het is één van de vele opties, maar we kunnen niets uitsluiten," antwoordde Tyler.

Mam haalde diep adem. "Ik vermoed dat ik het eerder niet duidelijk heb uitgelegd, maar eh... ik heb Steve zelf eigenlijk niet gezien. Alleen maar gehoord. Ik had een paar keer op de deur geklopt en toen zei hij dat ik binnen kon komen en de proefboeketjes wel in de keuken op het aanrecht kon achterlaten en dat heb ik gedaan. Net toen ik wilde weggaan, bedacht ik me dat ik nog iets belangrijks wilde vragen over het menu. Omdat het niet zo handig was om dat naar hem te schreeuwen ben ik naar het zwembad gelopen, omdat ik wist dat hij zou gaan zwemmen. Ik begrijp gewoon niet dat hij het ene moment nog leefde en het andere moment ineens dood was."

"Weet je zeker dat het Steve was die tegen je praatte?" vroeg ik. "Had je zijn stem herkend?"

"Ja, ik dacht dat hij het was. Ik had hem nog maar één keer ontmoet, maar naar die serie keek ik al jaren. Ik ben er zeker van dat het zijn stem was. Maar aan de andere kant verwachtte ik ook niemand anders die zou doen alsof hij Steve was, dus ik heb er verder ook niet over nagedacht." Mams ogen werden groot. "Zou het iemand anders geweest kunnen zijn?"

Tyler legde zijn hand op die van Ruby. "Dat weet ik niet, maar daar kom ik nog wel achter."

"Cen, zeg hier niets over tegen Pearl," zei Mam tegen mij. "Als ze erachter komt dat de stem die ik hoorde misschien niet van Steve was, dan doet ze vast iets stoms. Ze zal meteen de vloek de schuld geven."

"Jij mag hier ook tegen niemand iets over zeggen, Ruby," zei Tyler.

Ik knikte. "Zou het Jason geweest kunnen zijn die tegen je sprak, Mam? Zijn auto was al weg bij de Witching Post Bar toen jij belde. Zijn stem lijkt wel wat op die van Steve en hij kan hebben gelogen over waar hij was. Stond zijn auto nog bij de Witching Post toen jij wegging?"

Mam fronste. "Volgens mij was zijn auto al verdwenen toen ik wegging. Ik kan me niet herinneren dat ik hem gezien heb, maar ik was zo bezig met de boeketjes voor de McCoys dat ik er ook niet erg op heb gelet."

"Wie konden er nog meer het huis in?" vroeg ik. "Hoe meer mensen we kunnen uitsluiten, des te beter het is. Danny, Serena's chauffeur, misschien had hij ook een sleutel van het huis?"

Mam schudde haar hoofd. "Ik heb hen twee paar sleutels gegeven. Maar Danny was met Serena en Abby winkelen, toch? Zij hadden waarschijnlijk een sleutel. Ze zijn bij Bunny's Key to Fashion geweest, heb je al met Bunny gesproken?"

Tyler knikte. "Ze heeft hun verhaal bevestigd. Ik had gehoopt dat ik iets meer had dan een ooggetuigenverslag. Ze zijn vaak onbetrouwbaar en ik wil eigenlijk op dit moment nog niemand uitsluiten."

"Ben ik een verdachte?" Mams ogen werden groot.

"In theorie wel. Maar Steve was zeker 15 tot 20 centimeter langer dan jij. Tenzij je op een trap of andere verhoging stond, was je niet lang genoeg om hem op zijn hoofd te kunnen slaan. Bovendien was het een harde klap ook nog, dus van een redelijk sterk persoon."

"Denk je nou dat ik klein en slap ben?"

Ik wist niet of Mam nu serieus was of dat ze Tyler in de maling nam.

Tyler kennelijk ook niet. "Natuurlijk niet, Ruby. Je bent een van de sterkste personen die ik ken. Ik heb nog helemaal niemand uitgesloten, ook jou niet. Maar gezien het bewijs dat we tot nu toe hebben, moet ik het in een andere richting zoeken."

"Over andere richtingen gesproken, ik kan beter terug naar de B&B gaan en even controleren of Pearl alle kamers wel heeft schoongemaakt, nu al onze gasten nog steeds hier in het café zitten." Mam schoof haar stoel naar achteren en kwam moeizaam overeind. "Het is een lange dag geweest."

Zodra Mam buiten gehoorsafstand was, leunde Tyler dichter naar me toe. "Laten we het over het motief hebben. In tachtig procent van alle gevallen is de echtgenoot of echtgenote de moordenaar. Ik heb ontdekt dat Steve en Serena een paar maanden geleden een hoge levensverzekering op elkaar hadden afgesloten. Bij een fatale val zou dubbel worden uitgekeerd."

Ik had mijn twijfels. "Ze zijn al schathemeltjerijk geworden van hun realityserie, dus ze hebben het geld toch niet nodig? En zonder Steve is er geen Real McCoys-serie meer. Qua geld zou het niet logisch zijn. En bovendien leken ze heel erg verliefd."

"Dat kun je toch niet menen, Cen. In iedere aflevering maken ze wel ruzie met elkaar."

"Heb je de serie wel eens gezien?"

"Wie niet? Ik zou willen dat ik er nooit naar gekeken had, zo overdreven en belachelijk."

"Het is gewoon hun leven, maar dan wat aangedikt. Omdat ze steeds iedereen weer weten te choqueren is de serie zo populair. In het echt zijn ze heel nuchter en heel aardig," zei ik.

Tyler lachte. "Jij bent zo verblind door hun sterrenstatus dat je het niet meer objectief kunt bekijken. Zoals zij elkaar behandelen in de serie, zo zou ik nooit tegen jou doen, ook al is het maar toneelspel."

"Het gaat gewoon om de kijkcijfers," zuchtte ik. "Des te romantischer was het dat ze hun trouwgeloften vernieuwden, of dat van plan waren."

"Dat is wat jij romantisch vindt? Wacht maar tot morgenavond." Tyler leunde over de tafel en pakte mijn hand. "Ik ga je echt verrassen."

"Ik kan niet wachten!" Maar ondertussen was ik bang. Heel bang, dat tante Pearl de verlovingsring niet op tijd meer kon terugvinden om hem weer in Tylers jaszak terug te stoppen. Een diamanten ring was duur, maar onze relatie was niet in geld uit te drukken en die wilde ik absoluut niet stukmaken.

HOOFDSTUK 18

$\mathcal{I}$k wachtte bij de bar totdat tante Pearl onze drankjes had ingeschonken. "Heb je de ring nog gevonden, tante Pearl?"

"Als jij nou zorgt dat al die mensen hier verdwijnen, dan heb ik tenminste tijd om ernaar te zoeken." Ze zette de glazen zo hard neer op de bar dat de drankjes over de rand spatten.

"Zorg maar dat je hem terugvindt! En bemoei je verder niet met het onderzoek."

Tante Pearl boende op een onzichtbare vlek op de bar. "Je hoeft mij niet te vertellen wat ik moet doen, Cendrine. Ik doe wat ik kan, als het mij uitkomt. Ruby's hebzucht is de oorzaak van al deze ellende, dus praat maar met haar. Misschien is het nog niet te laat om de vloek terug te draaien."

Helaas zonder zinnig antwoord droeg ik de glazen terug naar ons tafeltje. "Ik kom steeds weer uit bij Jason," zei ik tegen Tyler. Ik legde uit dat zijn tijdlijn niet klopte en dat zijn auto weg was toen ik vertrok naar het Rocklin Huis.

Tyler knikte. "Jason heeft zeker meerdere motieven, maar waarom zou hij dan Serena, zijn stiefmoeder, juist laten leven? Als ze allebei dood waren, dan zou hij waarschijnlijk alles erven. Nu krijgt zij alles."

"Dat klopt als het met voorbedachten rade was geweest," zei ik.

"Maar misschien heeft hij zijn vader in een vlaag van woede vermoord."

Ruim anderhalf uur zaten we gespannen te overleggen over alle details. Dat Serena en Abby zeiden dat ze ten tijde van Steve's dood aan het winkelen waren geweest, klopte, waardoor zij allebei een alibi hadden. Serena en Abby waren bij Bunny's Key to Fashion aan het winkelen geweest, terwijl Danny buiten in de auto zat te wachten, waar de beide dames en ook Bunny, de eigenaresse van de winkel, hem goed konden zien. Bunny had dat voor hen alle drie bevestigd.

"Zo geven ze elkaar een alibi, maar geloof je dit ook?" vroeg ik.

Tyler haalde zijn schouders op. "Het maakt niet zo veel uit wat ik geloof, als hun alibi blijkt te kloppen. Bunny heeft alles bevestigd, maar ik moet de beelden van de beveiligingscamera's nog bekijken." Gelukkig zat Bunny's winkel in de Hoofdstraat en er waren nog meer winkels met beveiligingscamera's. Die beelden zouden hun verhaal bevestigen of niet, dat was slechts een kwestie van tijd.

"Dat Bunny hun verhaal heeft bevestigd is niet erg betrouwbaar, want haar geheugen is tegenwoordig niet meer zo best." Bunny had last van beginnende dementie. Ze werkte nog steeds in haar geliefde winkel, voor een paar uurtjes en met heel veel hulp. Goede vriendinnen kwamen langs voor koffie en een praatje, maar ze verkocht nauwelijks nog iets. Bunny kon het zich best veroorloven om de winkel te sluiten en met pensioen te gaan, maar dat deed ze niet omdat ze nog zo van het werk hield. Zo had ze ook iets om handen.

"Dat klopt," zei Tyler. "Ik heb Gertie gebeld om het verhaal te bevestigen, maar zij is op een cruise in de Caraïben. Er was niemand anders om haar dienst over te nemen, dus Bunny werkte alleen in de winkel." Normaalgesproken kreeg Bunny doordeweeks hulp van Gertie. Ze zou steil achterovervallen als ze terugkwam van haar cruise en ontdekte wat ze allemaal had gemist.

Tyler vertelde: "De patholoog bepaalt het tijdstip van Steve's overlijden op niet langer dan een uur geleden voordat Ruby hem had gevonden. Dat kon ze bepalen aan de hand van zijn onverteerde maaginhoud. Dat wisten we natuurlijk al, maar het bevestigt ook wat Ruby heeft verklaard. Een uur is maar zo kort dat het lastig is om te veronderstellen dat iemand in die tijd de moord heeft gepleegd, zonder een enkel spoor achter te laten. Jij en Ruby zagen Steve bij Serena rond 10 uur vanmorgen. Vlak nadat Serena, Abby en Danny waren vertrokken om te gaan winkelen, keerde Ruby terug en sprak tegen iemand die precies klonk zoals Steve en dat was rond half 12. En een paar minuten later treft Ruby Steve dood aan in het zwembad."

"Dat is maar heel weinig tijd voor net zo weinig mensen om zowel de middelen te hebben, als de gelegenheid om hem te vermoorden," beaamde ik.

Tyler knikte. "Het zou toch niet moeilijk moeten zijn om daar achter te komen."

"Er kan nog een andere verklaring zijn. Misschien is iemand hen hiernaartoe gevolgd?"

"Zoals een stalker bijvoorbeeld?" vroeg Tyler.

"Misschien. Hoewel het meer een persoonlijke aanval leek dan een willekeurige. Aangenomen dat het ook echt moord was en geen tragisch ongeluk."

Tyler knikte weer. "Als we het eens op een andere manier bekijken en proberen uit te sluiten dat het een ongeluk was. Ruby heeft de boel daar aardig opgeknapt, maar het Rocklin Huis is oud en zit vol gevaren. De tegels liggen ongelijk en op blote voeten glij je zo uit op het terras vanwege de rijp. De kou zou ook pijn doen aan je voeten. Waarom zou iemand op een betonnen en bevroren terras lopen terwijl het buiten vriest?"

"Toen we Steve eerder op de dag zagen, droeg hij slippers. Dat weet ik zeker. Was hij zijn slippers vergeten toen hij naar buiten liep?"

Tyler schudde zijn hoofd. "Ruby heeft zijn slippers niet bij het zwembad gezien en de politie uit Shady Creek heeft ze niet gevonden, niet binnen in huis en ook niet buiten."

"Het is zeker zes meter van de deur naar de rand van het zwembad," berekende ik. "Steve moest daar lopend naartoe. Schoenen of geen schoenen, hij heeft helemaal geen voetafdrukken achtergelaten. En het terras was bedekt met een laagje rijp, dus waarom waren er geen voetafdrukken als hij naar het zwembad was gelopen?" Ik dacht meteen terug aan mijn kontafdruk toen ik daar was gevallen. Mijn kont had zeker een afdruk gemaakt, dus waarom Steve's voeten niet? Steve was zeker twee keer zo groot als ik; het was onmogelijk dat hij over het bevroren terras had gelopen zonder enig spoor achter te laten.

Tyler krabde bedachtzaam aan zijn kin. "Daar heb je gelijk in. Vanaf de terrasdeuren naar het zwembad waren geen voetstappen te zien. Ook geen andere sporen van iets waarmee hij kan zijn vervoerd. Hij was groot, dus ik betwijfel of een persoon alleen hem zonder hulp had kunnen dragen. Het vriest ook al de hele dag, dus er is ook geen kans op dat de rijp eerst is gesmolten en daarna weer bevroren."

"Zou het mogelijk zijn geweest om een ongeluk te hebben bij het zwembad en daar geen enkel spoor van achter te laten? Als je uitglijdt en valt? Ik denk het niet. Is het niet juist de afwezigheid van wat voor spoor dan ook dat wijst op een louche zaak?"

Een paar minuten zwegen we, omringd door steeds luider wordende stemmen van de gasten, die dronken begonnen te worden.

"Daar heb je wel een goed punt, Cen," zei Tyler. "Laten we ervan uitgaan dat het moord is geweest. Serena zei dan wel dat niemand behalve de acteurs en de filmcrew wist dat de McCoys in het dorp waren, maar iemand hier uit de buurt zou nieuwsgierig geweest kunnen zijn. Misschien dat diegene mensen zag bij het landhuis en het terrein op is gekomen. Daarna heeft Steve ze misschien betrapt en vervolgens liep het allemaal uit de hand."

Ik was nog sceptisch. "De meeste mensen geloven dat het spookt in het Rocklinhuis en durven er niet eens langs te lopen, laat staan het terrein op te gaan. Als ze al nieuwsgierig waren, dan zouden ze worden tegengehouden door het beveiligingshek en de omheining. Ik heb niet gezien dat iemand iets heeft vernield om binnen te komen."

Tyler zuchtte. "Een indringer zou wel over het hek kunnen klimmen, zelfs over die puntige spijlen. Maar hij zou dan wel gezien zijn door de beveiligingscamera's, hopend dat die het tenminste wel doen. Op de camera's is het grootste deel van het terrein te zien, maar er zijn een paar blinde vlekken. Die beelden worden nog uitgezocht."

"Mijn gok is dat het iets persoonlijks was," zei ik. "De moordenaar wist dat Steve thuis was en hij kon waarschijnlijk zelf ook naar binnen." Mensen vermoorden iemand om persoonlijke redenen. Huurmoordenaars doen het voor het geld, maar zij worden ingehuurd door iemand, dus dan komt het toch weer op iets persoonlijks uit. Vrienden, familie, zakenmensen, zij hebben vaak meerdere motieven. Geld, macht, ego, geheimen, jaloezie, maar ook angst drijft mensen tot het plegen van de vreselijkste misdaden. Waarschijnlijk waren er best wel wat mensen te vinden die het op Steve hadden gemunt.

Tyler knikte. "Er waren maar weinig mensen die het huis in konden komen en daarmee de gelegenheid hadden om Steve te vermoorden. Serena, Jason, Abby, Danny de chauffeur. En jouw moeder."

"Mam zou haar eigen klanten niet vermoorden."

Hij stak even protesterend zijn hand op. "Ik weet ook wel dat ze geen moordenaar is en bovendien is ze fysiek niet in staat om iemand die twee keer zo groot is als zijzelf te vermoorden. Aan de andere kant is zij de laatste persoon die hem in leven heeft gezien. Ik heb ook een persoonlijke band met je moeder en ik moet objectief blijven. Ik heb echt bewijs nodig dat haar kan vrijpleiten."

Tyler had gelijk. Hij was, zo hoopte ik, Mams toekomstige schoonzoon. Ik bad dat de verlovingsring op de een of andere manier weer in Tylers jaszak zou zitten. Eerder had hij een ander jack aangetrokken en dat droeg hij nu. Misschien was het hem ontgaan dat de ring niet langer in het jack zat dat op de achterbank van de Jeep had gelegen.

"Ik denk nog steeds dat Jason iets verbergt. Hij had ruzie met Steve en Serena over geld en is pas nog ontslagen bij de tv-serie. Financieel is hij nog steeds afhankelijk van Steve en Serena. Hij is aan de drugs, waardoor hij wanhopig op zoek is naar geld en daar veel voor over heeft. Het is mogelijk dat hij en Steve hebben gevochten, waarna Steve is uitgegleden en is gevallen, met fatale afloop. Naderhand heeft Jason alles bij het zwembad schoongemaakt en heeft hij gelogen over zijn tijdschema om zichzelf een alibi te bezorgen. Het zou ook kunnen verklaren waarom de slippers niet zijn gevonden." Ik vertelde ook over het gesprek tussen Jason en Lucky. "Behalve dan dat ze het over geld hadden, heb ik niet veel details gehoord, maar het klonk allemaal nogal verdacht."

Maar Tyler leek er niet van onder de indruk. "Hoe dan ook is er geen bewijs. Er is geen bloed en geen moordwapen. De patholoog denkt dat hij eerst met zijn hoofd in aanraking is gekomen met een stomp voorwerp en vervolgens bewusteloos is geraakt, maar ze kan niet met zekerheid zeggen dat hij is geslagen, tenzij er meer bewijs voor is. Ik moet ervoor zorgen dat ze de doodsoorzaak kenmerkt als verdacht, Cen, want anders kan de officier van justitie niemand iets ten laste leggen."

Misschien hebben de forensisch onderzoekers niet goed genoeg gezocht naar een moordwapen?" vroeg ik. "Zou een slimme moordenaar het moordwapen niet weer meenemen? Wie het ook is geweest, diegene was slim genoeg om geen sporen op de ijzige grond achter te laten."

"De patholoog zal niet zeggen dat het een moord was, tenzij er meer bewijs voor is. Dat zou dan minimaal iets moeten zijn wat de wond op Steve's hoofd heeft veroorzaakt waardoor hij is gestorven. Ze staat onder druk om haar rapport af te leveren. Waarschijnlijk zal ze zeggen dat het onbepaald is. En zonder moordwapen..."

"Gaat de moordenaar vrijuit," vulde ik aan.

"Deze zaak ligt heel gevoelig, Cen. Ze controleert alles dubbel, maar ook al lijkt het erop dat iemand na zijn dood alle sporen heeft uitgewist; dat is niet genoeg. Zonder concreet bewijs dat wijst op iets verdachts, zal ze geen moord opgeven als mogelijke doodsoorzaak."

"Iemand heeft Steve op zijn hoofd geslagen, Tyler. Dat weet jij, dat weet ik en de patholoog weet het ook. Dus waarom kan ze dat niet gewoon zo opgeven?"

Hij aarzelde. "Als ze het onbepaald laat, dan blijven er mogelijkheden open voor als er nog nieuw bewijs wordt gevonden. Maar hoe meer tijd er verstrijkt, verkleint het de kans dat dat nog gaat gebeuren. Als we nu niet snel iets vinden, worden onze kansen om iets de komende weken, maanden of jaren later te vinden steeds kleiner. Serena's advocaat is nu al bezig om Brayden onder druk te zetten, want ze dreigt Westwick Corners aan te klagen als dit allemaal naar buiten komt en een groot schandaal wordt."

Brayden Banks, de burgemeester van ons dorp én mijn exverloofde, had niet echt een ruggengraat. Als hij onder druk stond, dan zou hij Tyler onder druk zetten. Brayden vermeed negatieve publiciteit en alles wat zijn politieke aspiraties maar in de weg stond. Maar dit was een morele kwestie en geen financiële, en het was gewoon domweg heel fout om rijkdom en macht van invloed te laten zijn op een politieonderzoek.

Ik keek naar Serena, die met haar hele groep rond een grote tafel zat, herinneringen ophalend aan haar overleden echtgenoot. Ze leek echt heel verdrietig. Was dat echt, of was het allemaal gespeeld, net als bij *The Real McCoys*?

We gingen verder met ons gesprek. "Wat heeft Brayden hier eigenlijk mee te maken?" vroeg ik. "Het is een politieonderzoek naar hoe iemand is overleden. Het heeft toch niets met politiek te maken? Serena kan toch niet het hele dorp aanklagen?" Maar ze kon wel Mam aansprakelijk stellen voor een ongeluk op het terrein. Daar was ik wel bang voor, want dat zou ons zeker financieel ruïneren. Een gevoel van angst bekroop me.

"Waarschijnlijk probeert ze ons alleen maar onder druk te zetten, maar Serena wil van geen wijken weten," zei Tyler. "Ze wil dat alles snel wordt opgelost, zodat er niets meer over te vertellen valt. Ze zei dat al die negatieve publiciteit heel slecht is voor haar toekomstige inkomsten."

"Steve was de helft van het 'The Real McCoys'-duo, dus Serena zal hoe dan ook minder gaan verdienen, maar dat is toch niet de schuld van het dorp?"

Tyler zuchtte. "Ik weet het. Het probleem is dat ook een of andere stompzinnige rechtszaak alleen al vanwege alle kosten het dorp financieel aan de rand van de afgrond kan brengen. We moeten onszelf in de rechtszaal verdedigen en dat kost geld. Tenzij we concreet bewijs vinden, kunnen we daar ons niet tegen verweren. We hebben gewoonweg te weinig geld in onze spaarvarkens zitten om tegen een schatrijke beroemdheid te procederen, Cen."

"Nou, ik weet wel dat als mijn echtgenoot plotseling zou overlijden, ik niets zou doen om het onderzoek dwars te zitten. Ik zou de onderste steen boven willen hebben."

Tyler bloosde. "Dat is eh... goed om te weten."

Het onderwerp dat we steeds uit de weg waren gegaan lag nu plotseling op tafel. Mijn hartslag versnelde terwijl ik het probeerde uit te leggen. "Ik bedoel dat... eh... Serena's plan om hun trouwgeloftes te vernieuwen ineens is omgeslagen naar de beslissing om haar echtgenoot zo snel mogelijk te willen begraven. Je zou toch denken dat ze een diepgaand onderzoek zou willen, zeker als de patholoog tot nu toe nog geen definitief uitsluitsel kan geven."

"Zeker, maar zo denkt blijkbaar niet iedereen. Zeker wanneer het bewijs niet zo overduidelijk is."

Ik fronste. "Als je rouwt om je overleden man, dan komt het toch niet in je op om het dorp aan te klagen? Bovendien is Steve overleden op privéterrein, daar heeft de gemeente toch niets mee te maken?"

"De advocaten zullen zeggen dat de gemeente het zwembad niet goed genoeg heeft geïnspecteerd. Als ze dat wel hadden gedaan, dan zou duidelijk geweest zijn dat het zwembad niet volgens de richtlijnen is aangelegd."

"Hebben we daar dan richtlijnen voor, ook in zo'n klein dorp als het onze? En wat heeft dat met Steve's dood te maken?"

"Niks," zei Steve. "Maar de aanklacht zal genoeg zijn om de gemeente tot een rechtszaak te dwingen en dat kunnen we ons niet veroorloven." Tyler begon te fluisteren: "Cen, ik moet je iets belangrijks vragen."

Ons gesprek was van een ongeluk verschoven naar een moordzaak, maar zou alles nu ook mijn huwelijksaanzoek in de war gaan sturen? Wat als het tante Pearl niet was gelukt om de zoekgeraakte ring te vinden?

"Cen? Luister je wel?" Tylers stem bracht me weer tot bezinning.

"Eh, ja!" stamelde ik. Over een aantal jaar zouden we allebei nostalgisch terugdenken aan dit moment, hoe vreemd het ook was. Het was nu dan misschien niet zo'n romantische setting, maar het ging tenslotte om de liefde. Er was misschien ook geen chic diner, maar ik was bovendien toch veel te dik om mijn nieuwe rode jurk aan te kunnen. Ik haalde even diep adem en leunde voorover naar Tyler toe. "Vraag maar raak."

Hij leunde naar me toe en legde zijn hand over die van mij. "Wat ik moet weten, is of er hekserij aan te pas is gekomen."

"Is DAT je vraag?" Dat was niet echt de vraag die ik had verwacht. Ik blies mijn adem uit en viel achterover in mijn stoel, waarbij mijn nieuwe vetrollen opbolden tot onder mijn beugelbeha. Wat een tegenvaller. Maar, een romantisch aanzoek kon nu vast niet lang meer op zich laten wachten. Toch? Of zat ik er echt helemaal naast?

"Waarom ben je nu boos?" vroeg Tyler.

"Ik... ik ben niet boos." Ik beet op mijn lip en vermeed het om Tyler aan te kijken.

"Jawel, volgens mij wel. Je knijpt altijd zo met je ogen als je kwaad bent. Iets zit je blijkbaar dwars en ik weet niet wat het is."

Op dat moment had ik Tyler meteen moeten vertellen dat, ja inderdaad, er magie aan te pas was gekomen. Maar mocht ik hem eigenlijk wel iets vertellen over de Rocklinvloek? Op de een of andere manier dacht ik van niet. Zou praten over de vloek deze niet nog erger maken? Hoe dan ook, het zou tante Pearl woest maken en dat was het toch niet waard. Wat zou ze doen, een vloek over me uitspreken?

En ik kon ook absoluut niets zeggen over een ring waar ik niet eens iets vanaf zou mogen weten.

Blijkbaar werkte die vloek bij mij toch al, nu ik per uur een halve kilo dikker werd en het plan van Mam om snel rijk te worden had geleid tot een dode en heel veel negatieve publiciteit.

Zeker, ik was kwaad. Buiten zinnen zelfs, maar wat maakte het uit. Alles leek mis te gaan en ik wilde boos zijn op iemand anders dan mezelf. Hekserij of geen hekserij, onze familie zat nu vol met verwijten naar elkaar en ik kon het allemaal weer oplossen. Op de een of andere manier moest ik zorgen dat die vloek zou verdwijnen.

Maar ik mocht het niet afreageren op Tyler. Dus in plaats daarvan zei ik: "Ik kan het gewoon niet uitstaan dat iemand zo maar met een moord weg komt."

"Bewijs dan dat het moord was, Cen. Help me om het moordwapen te vinden."

HOOFDSTUK 19

Tegen de tijd dat ik wegging bij de Witching Post viel er een mix van regen en sneeuw. Tyler was al een paar minuten eerder vertrokken. Hij was terug naar zijn kantoor om de beveiligingsbeelden te bekijken en ik ging op weg naar het Rocklin Huis. Heel griezelig inderdaad, maar nu Serena en haar gevolg nog in het café zaten, zou het waarschijnlijk mijn enige kans zijn om nog eens bij het zwembad rond te snuffelen. Maar eigenlijk was mijn enige doel het voor eens en altijd uitbannen van die vloek.

Alles even op een rijtje zettend had ik nu drie bijna-onmogelijke opgaven:

1. Het moordwapen vinden,
2. De moord oplossen en zorgen dat alles klopt zodat Serena geen rechtszaken hoeft te beginnen,
3. De vloek uitbannen.

Deze opgaven zouden weer kunnen leiden tot andere acties. Als ik de moord wist op te lossen, dan zou ik een primeur hebben met het verhaal over Steve's tragische dood. Er hing dus een hoop af van hoe ik dit zou aanpakken. Terwijl ik naar mijn SUV rende die aan de andere kant van het parkeerterrein stond, raakte mijn jas doorweekt van de ijskoude regen. Ik sprong achter het stuur en herhaalde mijn to-do lijstje in mijn hoofd voordat ik de auto startte.

Het moordwapen vinden, als dat er was, zou toch niet heel lastig moeten zijn. In theorie hoefde ik alleen maar terug te gaan naar het Rocklin Huis en daar een terugdraaispreuk uit te spreken, zodat alle gebeurtenissen één voor één ongedaan werden gemaakt. Natuurlijk kon ik Tyler niets over mijn plannen vertellen. Angstig en hoopvol tegelijk reed ik naar het Rocklin Huis. Of misschien wel naar de verdoemenis.

Om een keten van gebeurtenissen terug te draaien, moest ik steeds een terugdraaispreuk over een andere terugdraaispreuk uitspreken, iedere keer weer, want als er iets bij het terugdraaien misging, zou dat een ramp kunnen betekenen en de hele loop van de geschiedenis van iedereen die vandaag bij het Rocklin Huis was geweest kunnen veranderen. Dat zou dan gelden voor de McCoys, hun personeel, maar ook voor de politie en de brandweerlieden. En zelfs voor Tyler, mijzelf en mijn familie. Het was zelfs voor mij een onoverkomelijke hoeveelheid van acties die ook allemaal onderling met elkaar in verband stonden. Er waren daar zo veel mensen geweest en het was ondertussen al heel wat uurtjes geleden.

Maar misschien was het niet nodig. Ik twijfelde er niet aan dat de forensisch onderzoekers een overduidelijk moordwapen niet over het hoofd hadden gezien, maar wat als het nu eens ging om een moordwapen dat niemand zou verwachten?

Ik had wel een idee, maar ik had de hulp nodig van een andere heks. Mam kon ik niet vragen. Zij was nog te zeer van streek vanwege alles wat er was gebeurd en ze moest ook verder met het diner voor onze gasten. Bovendien was ze er te zeer bij betrokken, want zij had Steve's lichaam gevonden. Tante Pearl was ook geen optie, zelfs als ze het niet druk had met het bedienen van de bar.

Er was nog maar één andere heks waar ik op kon rekenen en dat was Oma Vi.

* * *

DE RIT NAAR HET ROCKLINHUIS WAS HEEL VERRADERLIJK. De regen was kort nadat ik bij de Witching Post was weggereden overgegaan in hagel. Hagelkorrels vielen op de voorruit en stuiterden van de motorkap. Ik tuurde naar de weg voor me. Zo in het donker was de weg nauwelijks te onderscheiden en de hagelstorm was zo hevig dat de ruitenwissers het niet bij konden houden.

Oma Vi zweefde een paar centimeter boven de passagiersstoel en sprak me vermanend toe over mijn plannen. "Je loog tegen Tyler toen je zei dat je gewoon naar huis ging en je hebt mij met een leugen meegelokt het huis uit! Ik zet echt geen voet op grond van de Rocklins. Draai deze auto onmiddellijk om en blijf weg van dat vervloekte huis. Ik wil NU naar huis!"

"Dat kan pas als ik gevonden heb wat ik zocht." Ik probeerde heel kalm te klinken toen ik door het hek bij het Rocklinhuis reed. "Het is alleen maar een kleine omweg. Ik denk dat ik de vloek ongedaan kan maken, maar dat kan alleen hier. Die vloek bestaat alleen maar omdat wij erin geloven."

Dat geloofde ik zelf ook maar half, maar het was maar een van de redenen voor mijn bezoek.

Bij het naderen van het parkeerterrein moest ik vol in de remmen, omdat ik Serena's witte Mercedes zag staan. Toen ik het café had verlaten, had hij nog bij de Witching Post geparkeerd gestaan. Kennelijk was ze toen toch sneller vertrokken dan ik, want ik was niet door een andere auto ingehaald.

Plotseling waren luide stemmen te horen. Ik haalde mijn voet van de rem en was klaar om gas te geven, zodat ik er snel vandoor kon gaan. Ik was niet meer zo zeker van mijn plannetje, helemaal niet toen ik het gelach herkende. Maar dit was mijn enige kans. Ik moest mijn plan nu uitvoeren, anders kwam het er nooit meer van. En dat moest zonder dat ik ontdekt werd.

Serena was dronken. Ze brabbelde en van wat ze toen zei schrok ik enorm.

"Het is allemaal Jasons schuld. Als hij hier was geweest, dan was dit allemaal nooit gebeurd. Steve zou niet zijn gaan zwemmen als hij alleen thuis was geweest." Serena hikte. "Maar misschien had het ook niet uitgemaakt. Jason had Steve waarschijnlijk toch gewoon dood laten gaan."

"Dat meen je niet." Ik hoorde duidelijk de stem van Abby, ook al was ze op flinke afstand. Maar anders dan Serena, was zij nog nuchter.

"Jawel, hoor. Jason zal blij zijn dat Steve dood is. Ze moesten niets van elkaar hebben. Hij zal mij ook wel dood willen hebben."

Hoe graag ik daar ook had willen blijven staan om verder te kunnen luisteren; ik was zichtbaar voor iedereen die even uit het raam keek. Langzaam reed ik verder en parkeerde aan het einde van de oprit, zo ver mogelijk bij de achtertuin en het zwembad vandaan. Nu was mijn auto nog steeds te zien, maar alleen als iemand het huis verliet en dan achteromkeek. Ik stapte uit de auto en sloop in de richting van de stemmen om ze te kunnen afluisteren. Oma Vi zweefde achter me aan op een meter afstand. Een van de openslaande deuren van de woonkamer stond wijd open. Dit was aan de voorkant van het huis en de deur kwam uit op een kleine veranda met een zitje. Om de veranda heen stond een laag stenen muurtje van een halve meter hoog. Zelfs nu het donker was, zou iemand me nog makkelijk kunnen zien als ze per ongeluk keken. Ik besloot dat het het waard was om het risico te nemen en hurkte neer in het gras naast het muurtje. Ik hoopte dat ik door hun gesprek meer te weten zou komen, maar werd al snel teleurgesteld toen het gesprek ineens over eten bleek te gaan.

"Ik heb honger," klaagde Serena. "Er is niets te eten in dit hele dorp."

"Ik bel Ruby wel en vraag of ze iets komt brengen," zei Abby.

"Als ze net zo kookt als ze muffins bakt, dan sterf ik nog liever van de honger."

"Ze durft wel, zeg!" brieste Oma Vi.

"Stil!" riep ik met mijn hand omhoog en ik had meteen spijt, want behalve ikzelf kon niemand Oma Vi horen. Maar daarentegen kon iedereen mij wel verstaan.

"Hoorde jij dat ook?" vroeg Abby.

"Wat? Laten we naar Shady Creek gaan en daar een goed restaurant zoeken. Ik heb vreselijke zin in Italiaans." Serena barstte in tranen uit. "Pasta was Steve's favoriete gerecht."

"Pak je spullen maar vast, dan haal ik de auto," klonk de stem van een man.

Ik vermoedde dat het Danny was, Serena's chauffeur.

Nu moest ik me wel uit de voeten maken, want anders zouden ze me ontdekken. Mijn hart bonkte in mijn keel toen ik op mijn knieën voorbij het terras en de open deuren kroop, net onzichtbaar dankzij het lage muurtje. Eenmaal daar voorbij, stond ik op en sloop langs de voordeur en het huis naar de achterzijde waar het zwembad was. Aan deze kant van het huis waren ook openslaande deuren, maar geen ramen en gelukkig zaten de gordijnen van de deuren dicht. Ik verstopte mezelf in de heg bij de zijingang. Vanuit het huis en vanaf de voorkant, waar Serena's auto geparkeerd stond, was ik nu niet meer te zien. Nu hoefden we alleen nog maar te wachten totdat ze waren vertrokken.

Maar er was nog één probleem: mijn auto stond er nog. Misschien hadden ze zo veel haast dat ze niet per ongeluk naar de zijkant van het huis zouden kijken en daar mijn auto zagen staan. Ik hield mijn adem in en hoopte er maar het beste van, terwijl ik ondertussen vreesde voor het ergste.

Ik haalde even diep adem en dacht na over wat ik verder zou doen.

Oma Vi zweefde zenuwachtig heen en weer. "Je mag geen voet in dat huis zetten, Cendrine."

"Ik hoef niet binnen te zijn." Bekennen dat ik er al eens binnen geweest was, zou haar alleen maar meer overstuur maken. Oma Vi kwam naast me hangen terwijl ik me snel tegen de hoge heg aandrukte. De scherpe takken prikten scherp door mijn winterjack en spijkerbroek heen, waardoor ik, toen ik zo ver mogelijk de struiken in dook, over mijn armen en benen allemaal pijnlijke schrammen kreeg.

De voordeur sloeg dicht, snel gevolgd door voetstappen en stemmen die zich van ons verwijderden. Even later hoorden we autodeuren slaan en de motor starten. De banden knerpten op het grind en toen werd het eindelijk stil. Ik gluurde langs de heg en zag nog net de achterlichten verdwijnen in de bocht van de oprijlaan. Dit moment was mijn enige kans om te zien of ik met behulp van wat magie een en ander kon oplossen. De kans dat mijn plan zou werken was klein, maar het was het proberen waard.

HOOFDSTUK 20

Oma Vi zweefde zo'n drie meter boven me en hield in de gaten of de kust veilig was. Zo kon ze me op tijd waarschuwen als iemand het Rocklin Huis naderde vanaf de oprijlaan, of wanneer er iemand anders het huis uit kwam. Ik verwachtte niet dat er nog iemand thuis was, maar zeker wist ik het niet.

"Schiet op, Cendrine!" fluisterde ze. "Iedere minuut die we hier zijn is een minuut te veel."

Mijn hart klopte in mijn keel terwijl ik op het betonnen terras naast het zwembad stond en met mijn zaklamp zocht naar iets wat daar niet thuishoorde. Zoals een moordwapen bijvoorbeeld. Het was natuurlijk belachelijk om te denken dat ik iets zou vinden, aangezien de politie het hele terrein al had uitgekamd. Ze hadden waarschijnlijk niets over het hoofd gezien, maar het kon geen kwaad om nog eens goed te kijken, ook al was het nu donker. Het was een laatste wanhopige poging om mijn theorie te bevestigen dat Steve's dood geen ongeluk was geweest. Maar dat was niet de belangrijkste reden dat ik hier was.

Oma Vi las mijn gedachten. "Alles is mogelijk, maar dan moet je wel *iets* doen nu. Stop met twijfelen en doe iets."

"Oké, oké, maar jaag me niet zo op, dat helpt niet." Het punt was, dat ik enorm zenuwachtig was. Bang dat het me niet zou lukken om te kunnen toveren bij een huis waar onze magische krachten zo drastisch waren afgenomen. Mams toverkracht had helemaal niet meer gewerkt toen ze had geprobeerd om Steve te redden. Dus waarom zou het bij mij dan nog wel werken?

Nee.

Positieve gedachten.

Ik haalde diep adem en zette een stap dichter naar het zwembad toe. Ik focuste op mijn gedachten, hield mijn handen omhoog met de handpalmen naar boven en zei:

ER IS HIER IETS WAT ER NIET HOORT,
Maak eens zichtbaar wat ons zo stoort,

LAAT ZIEN WAT HET WAPEN IS GEWEEST,
De dader vangen verheugt ons het meest.

IK WACHTTE, maar er gebeurde niets.

"Probeer het eens een andere richting op," suggereerde Oma Vi.

Ik draaide naar links en herhaalde de toverspreuk.

Nog steeds niets.

Weer draaide ik me een stukje om en herhaalde de spreuk, maar welke kant ik ook op draaide, er gebeurde niks.

Ik keek omhoog naar Oma Vi. "Wat doe ik verkeerd?"

Ze fronste. "Nee, het komt gewoon omdat deze plek vervloekt is. Onze toverspreuken lijken hier niet te werden. Of het is gewoon zo dat het toch alleen een ongeluk was en er helemaal geen moordwapen is. We zullen het misschien nooit weten."

"Er moet toch wel iets zijn wat ik kan proberen? Een andere spreuk misschien?" Ik zou ook weer naar huis kunnen gaan, maar dan was deze hele riskante onderneming helemaal voor niets geweest.

Oma Vi zuchtte. "Niets zal werken, tenzij je de enige betovering verbreekt die daar de oorzaak van is: de Rocklinvloek."

Ik liet nog een laatste keer mijn zaklamp rond het zwembad schijnen. Geen moordwapens of iets wat erop leek, zelfs nog geen zwemnoodle. Ik draaide me om om terug naar het hek te lopen.

Precies op dat moment zag ik iets in het licht van mijn zaklamp. Er lag iets wits onder de heg. "Wacht! Misschien heeft mijn spreuk toch gewerkt! Ik zie iets."

Ik knielde bij de heg en stak mijn arm uit, waarna ik een klein stukje papier oppakte, doorweekt en bedekt met vuil. Ik hield het omhoog en veegde het voorzichtig met mijn vingers een beetje schoon, waarbij er wat cijfers in paarsblauwe inkt zichtbaar werden.

"Wat is het?" vroeg Oma.

Ik stond op en hield het papier tegen de lamp. "Jammer genoeg is het niet het moordwapen. Alleen maar een ouderwetse kassabon." Er stonden geen details op over wat er was gekocht, alleen maar drie rijtjes met 'artikel 1', 'artikel 2' en 'artikel 3' en daarachter de prijs.

Ik wilde het net weggooien toen Oma Vi neerdaalde om het bonnetje beter te kunnen bekijken.

Ze gluurde over mijn schouder. "Hmmm. Soms ligt de oplossing niet zo voor de hand, Cen. Misschien is het wel een aanwijzing die je naar het moordwapen kan leiden."

"Dat zeg je alleen maar om me op te beuren." Ik had me een moordwapen voorgesteld als iets zwaars, bijvoorbeeld een steen en niet een simpel stukje papier. Maar misschien had Oma Vi wel gelijk. Opeens moest ik denken aan het spelletje dat ik als kind vaak speelde:

Steen, papier, schaar.

Volgens de regels van dat spelletje kon de steen de schaar kapotmaken, de schaar het papier knippen en het papier kon de steen bedekken. *Papier bedekt de steen.* Zou het een teken zijn, misschien? Ik had geen idee. Een toverspreuk kon soms leiden tot iets heel anders dan verwacht en om verschillende redenen. Was het bonnetje gewoon een stomme grap van de Rocklinvloek? Ik kon me niet voorstellen dat de politie zo'n overduidelijk stuk papier tijdens hun onderzoek over het hoofd had gezien. Maar ik was er ook niet van overtuigd dat het bonnetje was opgedoken dankzij mijn toverspreuk.

Magisch of niet, ik kende een plaatselijke winkel waar je bonnetjes kreeg die er precies zo uitzagen als deze. Dat kon ik op z'n minst nagaan. Maar eerst was er nog één ding wat ik moest doen.

HOOFDSTUK 21

*D*uidelijk nerveus zweefde Oma Vi naar het hek. "We moeten hier weg, nu! Ik voel mezelf steeds zwakker worden door de krachten van deze plek. Het is hier niet pluis, Cen."

"Ik weet het, ik voel het ook. Maar, ik... ik heb nog iets meer tijd nodig, want ik wil er zeker van zijn dat ik de juiste woorden zeg." Ik stond bij het zwembad, precies naast de plek waar een paar uur geleden Steve's lichaam had gedreven. Het was nu of nooit, maar ik wilde het niet overhaasten en de toverspreuk verkeerd zeggen, al helemaal niet bij een spreuk die een vloek moest vernietigen die al tientallen jaren heerste.

"Hoe langer we hier blijven, des te meer nemen onze tover-krachten af. Het is hier heel gevaarlijk voor ons. Spreek die verdraaide spreuk gewoon uit." Uit haar transparante zak haalde ze een stuk papier en liet het vallen.

Ik greep het papier uit de lucht, vouwde het open en zag een getypte versie van dezelfde spreuk die tante Pearl eerder bij de B&B zonder succes had uitgesproken. Mijn idee om de spreuk opnieuw op te zeggen bij het Rocklin Huis was een laatste redmiddel. Ik was blij met de spreuk op papier, dan hoefde ik het niet uit mijn hoofd te doen.

Ik haalde diep adem en hoopte op een wonder:

IK SCHIET JE VLOEK ZO UIT DE LUCHT,
  Vernietig hem in een enkele zucht,
  Je bent ons niet langer meer tot last,
  Vertrek en zorg maar dat je opkrast,
  Ik zal deze plek beschermen en bewaken,
  Je kunt ons niet meer kapotmaken.
  Je heksenkrachten zijn verdreven,
  Je bent nu van die macht ontheven,
  Veranderd van heks naar sterfelijk,
  Voor altijd verbannen uit dit rijk,
  Je zal je wandaden berouwen,
  Je dromen kun je niet behouden,
  Nooit meer zal je vloek hier komen,
  Eeuwige twijfel zal je overkomen,
  Voor altijd en een dag,
  Blijf weg en verdwijn op slag.

OMA VI SLAAKTE EEN KREET: "Cen, dat klopt niet! Het is veertig jaren en een dag, niet voor altijd en een..."

Ik wees op het papier en schudde mijn hoofd. "Nee, hier staat 'voor altijd'."

"Waarom zei Pearl dan eerder 'veertig jaar'? Zo'n stomme fout zou ze toch niet maken?"

Ik keek nog eens goed. "Er staat hier echt 'voor altijd'. Voor altijd is ook wat we willen, toch?"

Oma Vi las met toegeknepen ogen. "Oh jee, je hebt gelijk! Nu weet ik het weer; er zijn verschillende versies van deze spreuk. We moesten hem aanpassen toen de WICCA jaren geleden de regels aanpaste. Dat ene woord veranderde alles."

Haar stem ging verloren bij een diep gerommel in de lucht. De donder werd luider en het werd aardedonker om ons heen. Kort daarna begon het hard te regenen.

Regen?

Dat was vreemd, want de temperatuur was nog steeds onder nul. Het was veel te koud voor iets anders dan sneeuw.

En toch regende het. Dikke, warme druppels kwamen als een tropische regenbui naar beneden in plaats van de ijskoude regen die je tot op het bot deed bevriezen, zoals we normaalgesproken in onze staat Washington hadden.

De doorzichtige vorm van Oma Vi, onaangedaan door de plotselinge regen, kwam zwevend op me af. Ze klapte in haar handen. "Ik voel me nu al sterker. Het is je gelukt, Cen! Je hebt de vloek doorbroken!"

Voor zover ik het kon zien was er niks veranderd, maar toch voelde ik me lichter, bijna duizelig, toen ik omhoog keek. Ik lachte bij het voelen van de warme regendruppels op mijn gezicht. Ik voelde me helemaal sereen. Er was iets in de lucht dat me kalmeerde en tegelijkertijd ook energie gaf.

Het leek alsof ik een onzichtbare lading die ik op mijn rug meetorste had afgeworpen. Alles voelde lichter, alsof de zwaartekracht minder was geworden. En zelfs mijn broek zat losser. "Een klein woordje en alles verandert? Hoe kan dat?"

"De WICCA heeft een aantal jaar geleden verboden dat spreuken oneindig konden duren. Toverspreuken hebben sindsdien een maximale tijdsduur."

"Maar als dat zo is, dan had mijn spreuk niet kunnen werken en die van tante Pearl wel. Ik zei 'voor altijd en een dag', tante Pearl 'veertig jaar en een dag'. Haar spreuk had moeten werken en die van mij niet."

"Dat zou je denken," zei Oma Vi. "Maar er is destijds een fout gemaakt. De Rocklinvloek zou voor altijd zijn, maar toen de WICCA de maximale tijdsduur op veertig jaar bepaalde, werd de origine vloek veranderd naar veertig jaar. Dus in de tegenspreuk moest ook die veertig jaar genoemd worden."

"Maar, dan had de vloek al lang geleden afgelopen moeten zijn, toen de veertig jaar voorbij waren?" hield ik vol.

"Men is in beroep gegaan tegen de maximale tijdslimiet van veertig jaar en na een aantal jaar veranderde de WICCA van mening. Ze bepaalden dat de veertig jaar alleen nog zou gelden voor nieuwe spreuken en niet voor de toverspreuken die al in werking waren. Dus de originele 'voor altijd' vloek voor al eerder uitgesproken toverspreuken was weer van kracht. Er zijn er niet veel meer van over. Ik denk dat Pearl het in haar toverspreukenboek destijds wel had veranderd naar veertig jaar, maar het niet meer had teruggedraaid."

"Hoe heeft onze hele familie dit nu kunnen missen?"

"Dat is heel simpel, Cen. De vloek was niet geactiveerd, dus we merkten er ook niets van. We dachten dat de WICCA alle papieren rondom deze nieuwe regel wel in orde zou hebben. We dachten ook dat de vloek door onze oorspronkelijke tegenspreuk al lang ongedaan was gemaakt. Maar in dit geval paste de tegenspreuk niet meer bij de originele vloek."

Langzaam begon ik het te begrijpen. "De spreuken konden elkaar niet opheffen, omdat ze niet meer met de vloek klopten. De originele Rocklin 'voor altijd'-vloek was geactiveerd, maar vanwege de bureaucratische chaos bij de WICCA, moesten we nu voor de tweede keer een tegenspreuk doen met 'voor altijd' erin?"

Oma Vi knikte. "Precies. We hadden het dubbel moeten checken, maar we vertrouwden op de WICCA. Met zulke serieuze vloeken moet je ook niet te veel rommelen. Eén tegenspreuk te veel tegen zo'n krachtige vloek kan dramatische gevolgen hebben."

"Nou, ik ben nu bevrijd van een vloek waarvan ik niet eens wist dat hij invloed op me had. Mijn leven zou nu een stuk beter moeten worden, toch?" Dit zou alles kunnen veranderen. Misschien zou ik nu wel alles kunnen eten zonder een grammetje aan te komen. Of mijn krant zou winst maken zonder al te veel extra moeite. Net als de B&B en misschien zelfs Pearl's Charm School. Westwick Corners zou een welvarend dorp kunnen worden in plaats van een bijna-spookdorp.

Oma Vi onderbrak mijn gedachten. "Ik denk niet dat je leven veel zal veranderen. Het is lastig om een vloek te onderscheiden van pech. Het enige verschil is dat als er heel veel vreemde dingen gebeuren het waarschijnlijk wel een vloek zal zijn."

"Zoals het gat in het plafond en de brand in de autoradio?"

"Het plafond inderdaad. Maar ik was de oorzaak van de brand in de radio," glunderde Oma Vi. "Ik kan het nog steeds!"

"Tante Pearl had alle spreuken in haar heksenboek moeten aanpassen. In ieder geval had ze het zich moeten herinneren."

Oma Vi schudde haar hoofd. "Je weet toch dat je tante heel slecht is met details en bovendien worden we allemaal wat ouder en vergeetachtiger. Ik denk dat ze, toen het gat verscheen in het plafond, gewoon in paniek raakte."

"Maar tante Pearl is voor niets of niemand bang," zei ik.

"Ze is voor heel veel bang, Cen, alleen weet ze het goed te verbergen. Ik had zelf ook beter moeten opletten toen ze de spreuk uitsprak, maar ik was zelf ook nog in de war en afgeleid doordat ik je computer had verknoeid. Het spijt me heel erg dat ik het verschil in de tekst ook niet eerder had gehoord. Dan was die hele tragedie misschien niet eens gebeurd." Haar aura pulseerde tussen donkere en lichte kleuren.

Als geesten konden schreeuwen, dan zou Oma Vi nu hard krijsen. Ik raakte haar doorzichtige schouder even aan. "Het is niemands schuld, Oma."

Haar aura werd donkerder. "Het ís mijn schuld. De hele teloorgang van dit dorp en al het andere komt door een vloek die we tientallen jaren geleden al hadden kunnen uitbannen. Denk eens na over hoe anders het allemaal had kunnen zijn."

Maar als alles anders was geweest, dan hadden onze levens er misschien ook heel anders uitgezien. We hadden nooit ons huis verbouwd tot een B&B. Tyler was nooit naar ons dorp gekomen om de baan van sheriff aan te nemen die niemand anders wilde en misschien was hij dan nu wel met iemand anders getrouwd.

"Ik ben heel blij met hoe alles nu is en voor mij hoeft er niets te veranderen, Oma. Wat Steve betreft, de kans is heel groot dat zijn dood helemaal niets te maken heeft met de vloek."

Oma Vi veegde een denkbeeldige traan uit haar oog. "Denk je dat echt?"

Ik keek nog eens goed naar het bonnetje. "Ik denk dat we nog veel meer geluk hebben dan we al dachten."

HOOFDSTUK 22

ij de Gas N'Go benzinepomp parkeerde ik naast het gebouw. Oma Vi bleef in de auto wachten. Ik liep langs de lege pompen naar de winkel. Toen ik de deur opende en naar binnen wandelde, dacht ik aan Wilt, de voormalige beheerder van de Gas N'Go, die nu in Las Vegas zat weg te kwijnen in de gevangenis. Cherise, zijn vervanger, was het tegenovergestelde van Wilt. Zij was hulpvaardig, vriendelijk en iedereen in het dorp mocht haar. Eigenlijk was ze misschien zelfs iets té klantvriendelijk en vrolijk. Ze zou de tank van een gewapende overvaller nog volgooien met een glimlach op haar gezicht.

"Hoi, Cen, tijd niet gezien!" Cherise stond achter de toonbank. "Wat kan ik voor je doen? Zelfde als altijd?"

Mijn maag knorde bij het zien van de plaat met chocoladecroissants in de etalage. "Nee, dank je. Ik ben hier voor iets anders."

Van achter de toonbank trok Cherise een hartvormige schaal vol met chocolaatjes tevoorschijn. "Proeven? Deze zijn pas vanmorgen binnengekomen."

Dat was heel verleidelijk, maar ik wilde mijn nieuwe slanke taille niet verpesten. De Gas N'Go verkocht ieder jaar hetzelfde assortiment chocolade. Ik wist ook dat het meestal restjes waren van Valentijnsdag van vorig jaar. Of misschien zelfs de Valentijnsdag van dat jaar daarvoor. We moesten in ons dorp waar veel werkloosheid was allemaal heel erg ons best doen om de eindjes aan elkaar te kunnen knopen en dat ging niet altijd op een nette manier.

Ik sloeg ze heel nonchalant af, ook al had ik ze ontzettend graag willen hebben. "Nee, ik kom eigenlijk met een andere reden."

"Weet je het zeker? De chocolaatjes gaan hard, hoor. Wil je geen valentijnscadeautje voor Tyler?" Cherise gaf me een vette knipoog en het was bijna grappig, als ze niet zo overduidelijk wanhopig was geweest.

Ik wilde een bijzonder valentijnscadeau voor Tyler, niet de oude chocola die Cherise aan me wilde opdringen. Maar, ik had niet veel tijd meer en ik had ook nog niks leuks gevonden. Het nadeel van een klein dorp was dat iedereen alles wist van iedereen. Bijna alles dan, want ik wist nog steeds niet wie mij had betaald voor het valentijnsbericht op de dubbele pagina in de krant.

"Eh... bedankt, Cherise, misschien straks."

"Je hebt niet veel tijd meer over, hoor," klonk Cherise nu bijna wanhopig. "Het is al bijna Valentijnsdag!"

Maar op dit moment had ik belangrijkere zaken aan mijn hoofd. "Ik ben hier eigenlijk omdat ik je hulp nodig heb. Je hebt hier beveiligingscamera's hangen, toch?"

Cherise knikte en haar glimlach verdween. Ze wees naar drie beeldschermen die boven de kassa hingen. "Eentje bij de deur, een bij de benzinepomp en eentje gericht op de kassa. Hoezo, is er iets mis?"

Ik mocht geen woord loslaten over de beroemdheden in het dorp, laat staan vertellen dat er een was overleden. Het nieuws zou zich als een lopend vuurtje door het dorp verspreiden. "Nee, niet echt. Maar tante Pearl heeft weer iets geks gedaan. En ik heb bewijs nodig voordat ik haar ergens van kan beschuldigen. Dan kan ik het ook weer goedmaken met je vanwege de winkel."

Cherise's ogen werden groot. "Heeft Pearl hier iets gedaan, bij de Gas N'Go? Toch niet weer een van haar pyromaanacties, toch? Ik hoop niet dat we de boel weer moeten sluiten."

"Nee, nee... dat is het niet. Maar er is wel een kans dat... eh..." Ik hief mijn hand op. "Zonder bewijs kan ik haar nergens van beschuldigen. Ik heb het misschien mis, maar voor ieders veiligheid kan ik het maar beter even checken."

Tante Pearl had al eens eerder geprobeerd om het benzinestation op te blazen, dus vandaar dat Cherise niet heel verbaasd was over mijn vreemde verzoek. Cherise was altijd nogal bemoeierig, maar ze was ook bang om betrokken te raken bij tante Pearls criminele activiteiten.

"Ja, natuurlijk, Cen. Bedankt dat je onze veiligheid voorop stelt." Cherise zette de schaal met chocolaatjes neer en kwam achter de toonbank vandaan. "Wat kan ik voor je doen?"

"Kan ik je camerabeelden van de afgelopen twee dagen bekijken?"

Cherise haalde haar schouders op. "Ik mag ze eigenlijk niet zomaar laten zien, maar gezien de omstandigheden denk ik niet dat het veel kwaad kan. Maar houd het voor je."

Ik klapte in mijn handen. "Dat doe ik echt, beloofd."

Cherise liep langs me naar de voordeur. "Ik heb even een minuutje nodig en dan kun je je gang gaan. Maar wat Pearl heeft gedaan kan toch niet zo ernstig zijn? Ik bedoel, het gebouw staat er nog en we zijn gewoon open."

"Fijn dat je zo positief bent." Ik keek naar de beeldschermen boven de kassa. Cherise verscheen op het beeld en te zien was dat ze het 'Welkom, we zijn open' bordje omdraaide naar 'Gesloten, zo terug'. Op het bordje zat een plastic klok en ze draaide de grote wijzer een kwartiertje vooruit, waarna ze het met de klok naar buiten gericht terughing.

De beveiligingscamera van de Gas N'Go was een wat ouder model en de resolutie was nogal korrelig, maar de kwaliteit was goed genoeg om Cherise te kunnen identificeren, of wie er dan ook in de buurt kwam van de voordeur.

Ik voelde me wel een beetje schuldig dat ik tante Pearl nu in een kwaad daglicht zette, maar als ik gelijk had, zou ik later nog genoeg tijd hebben om dat weer recht te zetten.

"Cherise, hoe laat ben je vandaag begonnen met werken?"

"Om zeven uur vanmorgen, net als altijd. Dit is mijn eerste dienst sinds vier dagen. Kom maar mee."

Ik volgde Cherise door een smalle gang naar de achterzijde van de winkel.

Cherise opende de deur van een klein kamertje. Stoffige verhuisdozen stonden tegen de muur opgestapeld en erboven hing een grote kalender van twee jaar oud.

Er stond een oud uitziend eiken bureau dat vol lag met stapels oude tijdschriften en kranten. Achter het bureau stond een met groen leer beklede bureaustoel, waarvan de armleuningen versleten en gescheurd waren, volgeplakt met tape om alles bij elkaar te houden.

"Als je me laat zien waar ik de beveiligingsbeelden kan vinden, dan kun jij weer gewoon aan het werk. Het duurt niet lang, dat beloof ik je." Ik voelde aan de usb-stick in mijn jaszak en hoopte maar dat dit hele gebeuren niet voor niks was. Ook hoopte ik dat ik echt iets zou vinden, want het alternatief, dat Steve was overleden omdat er iets te lichtzinnig was omgesprongen met een ernstige vloek, dat zou pas echt een enorme tragedie zijn.

Cherise ging zitten en trok de onderste bureaulade open, waarna ze er een laptop uit haalde die ze op het bureau zette. Ze deed hem aan en begon te typen. Het scherm lichtte op en al snel waren de beelden van de beveiligingscamera's bij de voordeur van de Gas N'Go te zien. Ze wees naar de pijltjes onderaan het scherm. "Klik op het menu bovenin om van de ene naar de andere camera te switchen. Als je me nodig hebt, dan moet je me maar even roepen."

"Bedankt, Cherise." Ik keek niet eens op, want ik was al bezig om door de beelden te scrollen.

Het geluid van Cherise's voetstappen stierf weg toen ze terugliep naar de winkel.

Ik pakte het vochtige bonnetje uit mijn jaszak en wreef het voorzichtig glad op het bureaublad. Op de bon stonden een datum en een tijd, maar alles wat ik kon ontcijferen uit de vervaagde inkt was de datum van gisteren. Ik besloot om mijn zoektocht te beginnen vlak na het openen van de winkel gisteren, om 7 uur 's-ochtends. Ik scrolde verder totdat ik beweging op het scherm zag. De rug van Cherise werd zichtbaar toen ze de voordeur openmaakte en het bordje met *'Welkom, we zijn open'* naar buiten toe draaide.

Beeldje voor beeldje scrolde ik door en ik stopte iedere keer wanneer er iemand door de deur kwam. Er zat geen geluid bij en het was net alsof ik naar een saaie stomme film zat te kijken. Er kwamen tientallen mensen langs: allemaal mensen uit het dorp en een paar kinderen. Tyler was een van hen. Even zette ik het beeld stil om mijn grote, gespierde vriend, die er zo knap uitzag in zijn sheriffuniform, even te bewonderen.

Van achter de toonbank bood Cherise Tyler dezelfde schaal met chocolaatjes aan als ze mij had aangeboden. Beleefd glimlachend wees hij het aanbod af, voordat hij naar de andere kant van de winkel verdween, uit het zicht van de camera. Even later verscheen hij weer aan de kassa, met een muffin en een beker koffie in zijn handen. Hij betaalde voor zijn aankopen en verliet een paar minuten later de winkel.

Ze wilde echt van die chocolaatjes af!

Blijkbaar had Cherise gisteren toch gewerkt, ook al had ze gezegd van niet. Waarom had ze gelogen dat ze vandaag pas weer was gaan werken nadat ze vier dagen vrij was geweest? Dat kan ze toch niet vergeten zijn? Maar wat voor reden ze ook had gehad om te liegen, dat kon vast niet heel ernstig geweest zijn. Ze had het tenslotte toch ook goed gevonden dat ik de beelden van de bewakingscamera's bekeek, wetende dat ik haar dan ook op de beelden zou zien.

Rond lunchtijd was het even wat drukker dan normaal en daarna werd het al snel weer wat rustiger. Er ging een aantal minuten voorbij waarin niemand de winkel in- of uitging en er helemaal niets gebeurde. Even twijfelde ik of ik wel op het goede spoor zat.

Een heel uur ging voorbij zonder klanten. Toen, even na 3 uur 's-middags, kwamen twee pubers lachend en uitgelaten binnenvallen. De broertjes Puhl kochten wat frisdrank en chips en verdwenen een paar minuten later weer.

Vervolgens werd het weer rustig in de winkel en er volgde een nieuwe periode zonder klanten of leveringen van bestellingen. Cherise zat achter de toonbank tijdschriften te lezen. Zo'n dienst van

12 uur lang klonk erger dan het was, zo te zien aan de rustige periodes tussen klanten in. Hoe de Gas N'Go kon blijven bestaan was een groot mysterie, maar wat de camera's wel bewezen was dat die chocolaatjes niet 'vanmorgen nieuw binnengekomen' waren, zoals Cherise had beweerd.

Ik wilde het al bijna opgeven toen een donkere figuur bij de deur verscheen en hem optrok. Volgens de tijd op de film was het bijna 7 uur 's-avonds.

Bij het zien van het beeld ging er een rilling door me heen. De man zag er eerder uit als een overvaller dan als een klant, zo helemaal gekleed in het zwart, met de capuchon ver over zijn gezicht getrokken. Hij keek naar beneden, alsof hij wilde vermijden dat hij op beeld kwam of herkend zou worden, zoals een doorgewinterde crimineel zou doen.

Nerveus keek hij de winkel rond en daarna weer snel naar beneden, alsof hij niet wilde opvallen. Hij liep naar de andere kant van de winkel, buiten het bereik van de camera. Het leek alsof hij haast had. Wat ik van de beelden kon zien, was dat deze man niet echt een gesprek wilde aangaan en ook niet herkend wilde worden. Het leek alsof hij niets goeds in de zin had, maar vanuit deze camerapositie kon ik niet veel zien.

Ik schakelde over naar de camera die op de toonbank gericht stond en ging weer helemaal terug naar de openingstijd van gisteren. Met dubbele snelheid scrolde ik door het materiaal en keek naar dezelfde klanten die ik al eerder had gezien, maar nu bekeek ik iedere klant terwijl ze bij Cherise hun aankopen afrekenden.

Cherise kletste met iedere klant en probeerde hen iedere keer opnieuw de valentijnsdagchocolaatjes op te dringen. Ik vond het nog steeds vreemd dat ze had gezegd dat ze gisteren niet had gewerkt. Waarom zou ze daar over liegen?

Ik zette de film weer op normale snelheid en zag hoe Cherise grapjes maakte tegen een stel dat krasloten kocht. Ze probeerde ook aan hen dezelfde chocolaatjes die ze ook aan mij had aangeboden te verkopen en later werd ze boos op de Puhl jongens omdat ze hun Slush bekers stiekem extra navulden.

Om 18.58 uur zette de geheimzinnige man zijn aankopen op de toonbank. Het grootste artikel was groot, wit en rechthoekig van vorm, maar meer details kon ik vanwege de slechte resolutie niet achterhalen. Het leek een groter ding dan de meeste artikelen die bij een benzinepomp werden verkocht en als ik zo eens zag hoe de man het pakket op de toonbank zette, was het ook nogal zwaar.

Cherise deed geen poging om het pakket op te tillen, maar ze draaide het om zodat ze de streepjescode kon scannen. Met haar handscanner scande ze ook de twee andere artikelen, waarvan ik niet kon zien wat voor artikelen het waren, maar dit was die dag wel de enige klant geweest die drie artikelen had gekocht.

Cherise legde een vinger tegen haar lippen en glimlachte toen ze iets tegen de man zei, onhoorbaar op de geluidloze video. Ik kon ook niet zien of hij iets terugzei, aangezien hij met zijn rug naar de camera stond. Hij trok zijn portemonnee en pakte er een stapel bankbiljetten uit, waar hij met zijn gehandschoende hand drie uittrok en ze aan Cherise overhandigde. Vervolgens pakte hij een grote zwarte tas uit zijn jaszak, waar hij de spullen in deed. Dat vond ik nogal vreemd, aangezien mannen toch zelden herbruikbare tassen in hun jaszak meedragen. Veel mensen doen ook hun handschoenen af als ze een winkel binnengaan, zeker als ze gaan betalen. Maar deze man leek heel bewust geen sporen te willen achterlaten.

Cherise liet het wisselgeld in zijn gehandschoende handpalm vallen, waarna hij de munten in zijn broekzak deed. Hij draaide zich om en verliet de winkel met de zware tas in zijn hand, die hij met zijn andere hand ondersteunde.

Het mysterieuze item was behoorlijk zwaar en lastig te dragen, zo leek het. Wat het ook was, het was vast zwaar genoeg om iemand mee te kunnen vermoorden. Zou dit een van de artikelen van het bonnetje zijn? De kassabon kon alleen maar van hem zijn, want geen enkele andere klant had drie artikelen gekocht. Wist ik maar wat die drie artikelen waren. Beeldje voor beeldje zoomde ik in, maar het werd er dankzij de lage resolutie alleen maar onduidelijker van.

Ik wilde niet dat Cherise mijn ware reden voor het bekijken van de bewakingsbeelden zou weten, en daarom kon ik haar ook niet vragen wat dit voor artikelen waren geweest. Toen kreeg ik een idee. Die kleinere artikelen zou ik niet kunnen identificeren, maar in de winkel stonden niet heel veel grote items. Ik herinnerde me dat de man eerst achter in de winkel was geweest.

Ik liep terug naar de winkel, waar Cherise me zag.

"Ik moet even iets nakijken, maar ben nog niet klaar," zei ik.

Ze knikte en ging weer verder met het lezen van haar tijdschrift.

Ik liep langs de drie winkelpaden, op zoek naar een artikel dat groot, vierkant en zwaar was.

Vervolgens ging ik terug naar het kantoortje en bekeek de video nogmaals, beeldje voor beeldje. Mijn hart ging tekeer toen ik op pauze drukte. Ik pakte mijn telefoon en belde Tyler. "Kom naar je kantoor. Ik denk dat ik zojuist het moordwapen heb gevonden."

Nadat ik met hem had afgesproken, pakte ik de usb-stick uit mijn zak en kopieerde de camerabeelden. Zodra ik daarmee klaar was, stopte ik de stick veilig weg in een met een rits afsluitbare jaszak. Ik schreef het tijdstip van de beelden op en zette de film terug naar het begin. Ik wilde niet dat Cherise of iemand anders zou weten waar ik naar gekeken had voordat ik zelf heel zeker was van wat ik net had gezien.

HOOFDSTUK 23

*T*ien minuten later zaten Tyler en ik in het districtskantoor van de politie bij zijn computerscherm, onze stoelen pal naast elkaar. Ik stopte mijn usb-stick in zijn computer en scrolde door de Gas N'Go beelden totdat de man in het zwart door de voordeur binnenkwam.

"Het is niet de beste resolutie, maar herken jij die vent?" Ik wees naar het scherm.

Tyler kneep zijn ogen samen. "Is dat niet Jason McCoy?"

"Klopt. Ik herkende hem eerst niet, maar ik vermoed dat beroemde mensen incognito boodschappen doen, omdat ze niet herkend willen worden. Hij kocht ijs." De details die op de oude laptop van de Gas N'Go zo moeilijk te onderscheiden waren geweest, waren nu op het grotere scherm op het politiebureau veel duidelijker.

Tyler werd rood. "IJs?"

Ik bloosde ook toen ik me herinnerde dat er nog iets anders wel eens ijs werd genoemd; het was straattaal voor diamanten. Zou Tyler al gemerkt hebben dat de ring kwijt was?

"IJs is zwaar genoeg om iemand mee te kunnen vermoorden."

"Waarschijnlijk heeft hij het alleen maar gekocht om in drankjes te doen. Hij had vlak nadat ze waren ingecheckt al een en ander gekocht,

146

ook wat snacks en zo. De meest voor de hand liggende reden is ook de meest logische."

Ik schraapte mijn keel. "Maar dit is één groot blok ijs. IJsklontjes kan ik snappen, dat doen mensen in hun drankjes. Maar wie heeft er nu midden in de winter zo'n groot blok ijs nodig?"

"Het is niet bepaald zo dat in de Gas N'Go alles altijd maar op voorraad is," zei Tyler. "Misschien hadden ze geen ijsklontjes meer en waren er alleen nog maar grote blokken ijs."

We zagen dat Jason betaalde voor zijn artikelen en daarna richting de deur liep. Hij verdween even uit het zicht van de camera. Ik stopte de film en klikte naar de camera bij de voordeur en Jason verscheen weer. Hij liep naar de deur, hield even halt om het koude, zware blok ijs beter vast te houden bij het openen van de deur. Zijn Porsche was ook te zien buiten, geparkeerd bij de dichtstbijzijnde benzinepomp.

Ik dacht terug aan Cherise en Jason bij de kassa. Jason had zijn best gedaan om incognito te blijven, maar Cherise zou hem herkend kunnen hebben. Daarom had ze misschien haar vinger tegen haar mond gehouden om Jason te laten weten dat ze zijn geheim zou bewaren. Dat kon ik niet zeker weten, omdat op de film geen geluid te horen was, maar het zou zeker kunnen dat ze probeerde stil te houden dat er een beroemdheid was langs geweest. Dat zou ook kunnen verklaren waarom Cherise had gelogen over dat ze gisteren niet had gewerkt. Wellicht was ze bang geweest dat ze dan iets had moeten zeggen over het geheime bezoekje van Jason McCoy aan ons kleine dorp.

Ik pakte het kassabonnetje uit mijn tas en gaf het aan Tyler. "Dit vond ik onder de struiken bij het zwembad. Waarschijnlijk is het van Jason, omdat hij gisteren de enige klant is geweest die drie artikelen heeft gekocht. Ik weet niet wat de andere twee artikelen waren, maar dat maakt waarschijnlijk toch niet veel uit."

Tyler fronste. "Daar ga ik achteraan. Hoe heeft de politie uit Shady Creek dit nu kunnen missen? Ze hebben alles uitgekamd."

Nu had ik zelf niet al te veel vertrouwen in de politie uit Shady Creek, maar zo'n bonnetje missen was wel vreemd. "Misschien is het er later door de wind naartoe geblazen? Bovendien was het forensisch team er al van overtuigd dat het een ongeluk was en geen moord. Dat kan hun zoektocht hebben beïnvloed."

"Het is behoorlijk teleurstellend en ik zal het zeker melden," zei Tyler. "Serena heeft ook niets gezegd over de benzinepomp. Ze zei dat ze allemaal direct naar het Rocklin Huis waren gereden en daar zijn gebleven."

Ik tikte tegen het scherm. "Misschien heeft ze toen ze net waren aangekomen Jason wat boodschappen laten halen en was ze dat vergeten."

"Misschien," zuchtte Tyler.

"Dat ijsblok is echt vreemd, Tyler. Mensen kopen wel ijsblokjes als er geen groot blok ijs beschikbaar is voor in hun koelbox bij het kamperen of vissen. Maar je koopt geen blok ijs voor drankjes als je geen ijsblokjes hebt."

Daar dacht Tyler even over na. "Oké, dus Jason kocht een groot blok ijs en dat hebben we niet teruggevonden in het huis. Misschien was het al ergens voor gebruikt."

Ik moest even slikken toen ik de woorden 'niet teruggevonden' hoorde. Ik moest echt op zoek naar die ring. "Ze hebben het niet gebruikt voor drankjes."

"Er lag geen ijsblok in de vriezer. Het huis en alles eromheen is heel grondig doorzocht. Er waren twee vriezers en ze waren allebei leeg, voor zo ver ik me kan herinneren."

"En toch is Steve overleden aan een harde klap met iets zwaars en een ijsblok is dat zeker." Ik drukte weer op 'afspelen' en we zagen allebei hoe Jason de winkel verliet. "Zie je hoe hij het vasthoudt? Het is niet zo lastig te dragen omdat het zo zwaar is, maar omdat het ijs- en ijskoud is. Daarom heeft hij ook handschoenen aan, behalve dan dat hij ook geen vingerafdrukken wil achterlaten. Hij houdt het blok ijs tegen zijn zij aan, want het is lastig te dragen en bovendien heel zwaar."

Tylers mond viel open. "Het is het perfecte moordwapen! Het is zwaar genoeg om iemand mee te doden en het laat geen enkel spoor achter. Het verklaart waarom Steve een bult op zijn voorhoofd had en daarna is het gewoon gesmolten voordat we het konden vinden."

"Hoelang duurt het voordat een groot blok ijs is gesmolten?" vroeg ik.

Het was eigenlijk niet echt een vraag, maar zo vatte Tyler het wel op. "Buiten als het vriest kan dat wel even duren, zelfs in een verwarmd zwembad. Het hangt helemaal af van hoe de temperatuur van het zwembad is afgesteld."

"Het gaat sneller onder de heetwaterkraan of in de magnetron," zei ik.

Tyler knikte. "Dat is zeker een mogelijkheid. Maar er was maar een kleine tijdsspanne, gezien de korte tijd tussen toen Ruby en jij Steve nog levend hadden gezien en het moment dat Ruby het lichaam vond."

Dat beaamde ik. "Volgens mij is het ijs in het zwembad gedumpt om te smelten en zo te verdwijnen. Dat verklaart ook de temperatuurverschillen die ik voelde met mijn hand in het water. Op sommige plekken was het water heel erg koud. En op het water dreven stukjes ijs, ondanks dat het een verwarmd zwembad was. Ik dacht dat het kwam omdat het vanwege de kou was bevroren, maar nu bedenk ik me dat het restjes van het ijsblok kunnen zijn geweest. De grote stukken zijn er misschien uit gehaald en in een gootsteen of toilet gegooid."

"Je deed je hand in het water? Bij een plaats delict? Cen!"

Verontschuldigend stak ik mijn handen op. "Sorry. Tante Pearl liet je jack per ongeluk in het water vallen. Tenminste, een deel van je jack viel erin. Ik wilde het eruit vissen."

Tylers ogen werden groot toen hij in zijn rechterjaszak voelde. Zijn mond viel open toen hij zich realiseerde dat zijn jaszak leeg was en hij nu een ander jack droeg. "Het jack dat achter in mijn auto lag? En waar is dat jack nu precies?"

Mijn hartslag versnelde toen ik dacht aan de verlovingsring die in zijn zak had gezeten. "Eh, geen probleem, het is er nog. Ik zag hem in de B&B aan een kleerhanger te drogen hangen."

Onze ogen ontmoetten elkaar.

Hij bleef me doordringend aankijken terwijl hij zich waarschijnlijk afvroeg of ik iets over de ring wist.

Het was heel moeilijk, maar het lukte me om een pokerface te houden. "Is er iets mis?"

"Nee, hoor," zei Tyler fronsend.

Mijn wangen bloosden toen ik van hem wegkeek. Ik slikte even en probeerde het gesprek terug op de McCoys te brengen. "De McCoys zijn nu aan het eten, maar wat als ze vroeg klaar zijn? We kunnen maar beter teruggaan naar het Rocklin Huis."

"Je hebt gelijk, kom mee. Bel Ruby en vraag of ze met de sleutels komt, zodat we naar binnen kunnen."

HOOFDSTUK 24

Toen Tyler en ik aankwamen bij het Rocklin Huis, stonden Mam en tante Pearl ons al op te wachten bij de voordeur. Oma Vi was er ook, die erover opschepte dat ik de vloek had verbroken.

"Ik geloof je niet. Bewijs het maar." Tante Pearl staarde omhoog naar Oma Vi, die zo'n anderhalve meter boven ons zweefde.

Dit moet heel vreemd zijn overgekomen bij Tyler, die de geest van Oma Vi niet kon zien of horen. "Waarom praat Pearl tegen zichzelf?" fluisterde hij.

"Dat leg ik nog wel uit." Ik pakte Tyler bij zijn arm om hem mee te tronen naar het huis en gebaarde tegen Mam dat ze de deur open kon maken.

Tante Pearl stormde op ons af. "Je had hier niet moeten komen, Cendrine. Je denkt dan wel dat je de vloek hebt verbroken, maar in plaats daarvan heb je het alleen maar erger gemaakt. We zitten niet te wachten op nog meer ongelukken en we kunnen beter maar weggaan nu het nog kan."

Mam negeerde haar en stak de sleutel in het slot, waarna ze Tyler aanspoorde om de deur te openen.

"Hou eens op met die kletspraat." Tyler draaide aan de deurknop, opende de deur en gaf aan dat we naar binnen konden, de donkere hal in. Ik ging als eerste naar binnen, gevolgd door Mam en tante Pearl. Mam deed de lampen aan. Tyler deed de deur dicht en kwam achter mij aan de hal in.

"Waarom gaan we naar de keuken?" vroeg Mam. "Alles is toch buiten gebeurd?"

Ook Tyler keek even sceptisch. "Cen heeft een theorie bedacht."

"O ja, natuurlijk," schamperde tante Pearl. "Cen denkt dat ze slimmer is dan iedereen bij elkaar."

"Ik ben er vrij zeker van dat ik iets ontdekt heb." Ik liep naar de andere kant van de grote keuken en wees naar de gesloten deur van de bijkeuken. Ik hoopte maar dat ik nog niet te laat was. "Kun je deze openmaken, alsjeblieft?"

Tyler pakte een paar latex handschoenen uit zijn jaszak en trok ze aan. Voorzichtig draaide hij aan de deurknop. Achter de deur was een grote ruimte met kasten van vloer tot plafond aan de ene kant en planken aan de andere kant. Aan het einde van de ruimte stond een grote roestvrijstalen koelkast met twee deuren en onderin een diepe vrieslade.

Tante Pearl gluurde rond in de enorme bijkeuken. "Wauw, Ruby, je hebt wel heel erg je best gedaan met al die spullen hier. Een granieten aanrecht in de bijkeuken is wel een beetje overdreven, vind je niet?"

"Kun je nou nooit eens iets aardigs zeggen voor de verandering?" zuchtte Mam.

Tylers mond werd een streep. "Oké, en nu?"

Ik wees naar de ijskast. "Maak maar open, alsjeblieft."

Hij opende eerst de ene koelkastdeur en vervolgens de andere. Alles was leeg. Toen bukte hij om de onderste lade te openen en trok er een enorm pak roomijs uit. Het was een goedkoop merk dat te koop was bij de Gas N'Go. Het was het enige artikel in de vriezer en ik wist dat de prijs van dit goedkope ijsmerk hetzelfde was als artikel 2 op het bonnetje van de Gas N'Go.

Ik was opgelucht dat mijn gevoel over het tweede artikel op het bonnetje juist was geweest.

"Wat heeft een groot pak chocoladeijs hiermee te maken?" vroeg

Mam. "Jullie zijn toch niet serieus van plan om hun chocoladeijs op te eten, of wel soms? Ze zijn nog niet eens vertrokken hier."

"Heb gewoon wat geduld, Mam." Ik zei tegen Tyler: "Neem dat mee naar de keuken, ik pak een lepel."

Achter Tyler aan liepen we de bijkeuken uit en de keuken weer in.

"Haar dieet is toch al verpest," zei tante Pearl, "dus nu gaat ze toegeven aan een vreetbui."

"Echt, Cen," zei Mam bezorgd. "Thuis kun je zo veel roomijs eten als je wilt."

Tante Pearl moest het laatste woord hebben. "Ha! Je bent echt een zwakkeling; ik wist wel dat je geen wilskracht had."

Ik negeerde hen en liep naar het keukeneiland.

Maar tante Pearl hield vol. "Cen is een beetje levensmoe, Ruby. Hoe langer we hier blijven, des te meer lopen we gevaar. We moeten zorgen dat we hier wegkomen voordat er iets vreselijks gebeurt."

Ik probeerde kalm te klinken, maar ik begon nu wel mijn geduld te verliezen. "Ik heb je al gezegd dat de vloek geen rol meer speelt."

"Waar heb je het...?" Tyler stopte midden in de zin toen hij doorkreeg dat het beter was om tante Pearl niet langer uit te dagen. Hij zette het pak roomijs op het marmeren blad van het keukeneiland en keek me aan.

"Er zal verder niets gebeuren. Handschoenen?" Ik stak mijn hand uit.

Tyler trok een paar latex handschoenen uit zijn zak en gaf ze aan mij. Ik trok ze aan en ging in de lades en kasten op zoek naar een ijslepel en een grote kom.

Tante Pearl schudde haar hoofd. "Je gedraagt je echt als een idioot, Cendrine. Je bent door die vloek echt je verstand kwijtgeraakt."

"Ik heb een kassabon gevonden van de Gas N'Go voor een paar artikelen die gisteravond vlak voor sluitingstijd zijn gekocht. Jason McCoy heeft toen een groot blok ijs gekocht en een tweeliterpak chocolade roomijs. Ook nog iets anders waarvan ik nog niet precies weet wat het is. Zien jullie een groot ijsblok in deze vriezer?"

"Nee, maar dit is niet de enige vriezer in het huis." Mam wees naar de koelkast in de keuken, een kleinere dan die in de bijkeuken. "De onderste lade is een vriesvak."

Tyler liep naar de koelkast en opende de lade. Die was helemaal leeg, op een tray ijsblokjes na. Hij deed hem weer dicht. "Geen ijsblok."

"Wat maakt het uit? Misschien is het al ergens voor gebruikt." Ongeduldig tikte tante Pearl met haar voet op de grond. "Kunnen we nu gaan?"

"Ik kan me voorstellen dat je ijsblokjes koopt voor in je drankjes," zei Mam. "Maar een groot blok ijs kopen midden in de winter klinkt niet erg logisch. Het is februari en buiten vriest het."

"Precies." Ik pakte het pak roomijs van het keukeneiland en met mijn gehandschoende hand maakte ik voorzichtig het deksel open. Ik hield het pak een beetje schuin, zodat iedereen kon zien wat erin zat.

Het chocoladeijs zag er glad en onaangeroerd uit en het leek er niet op dat er eerder uit gegeten was. Het pak zat helemaal vol, maar er was wel iets geks. Bovenop zat een dikke laag rijp, alsof het ijs een beetje was gesmolten en vervolgens weer was bevroren.

Ik begon het ijs uit het pak te lepelen en deed de ijsbolletjes in de kom. "We moeten dit tot op de bodem uitzoeken."

"Kun je niet ergens anders gaan staan bunkeren, Cendrine? Ik wil niet dat je in dit vervloekte huis gaat staan eten!"

Ik negeerde haar en bleef ijsbolletjes uit het pak in de kom scheppen. Ik was ongeveer halverwege en mijn vingertoppen waren bedekt met chocoladeijs. Ik begon sneller te scheppen, totdat ik voelde dat mijn ijslepel iets op de bodem van het pak raakte.

Onder het roomijs zag ik iets van plastic met blauwe en witte letters. Zachtjes schraapte ik de rest weg totdat de letters beter zichtbaar waren. Onder in het pak zat een plastic zak, netjes opgevouwen. Het was de verpakking van een groot ijsblok. Ik voelde dezelfde blijdschap als ik vroeger had met het vinden van een leuke prijs in een Kinder Surprise ei of in Cracker Jack doos.

Ik hield het bijna lege pak omhoog. "Bewijs van het moordwapen, of in ieder geval de zak waarin het ooit gezeten heeft."

Mams mond vormde een 'O' toen het kwartje viel. "Steve is koudgemaakt met een ijsblok?"

Ik knikte en zei tegen tante Pearl: "Weet je nog dat het zwembad dan weer heel warm en dan ineens weer heel koud voelde, toen je er met je hand inzat?"

Tylers ogen werden groot van schrik. "Ook Pearl zat met haar handen in het zwembad?"

"Klikspaan," bitste tante Pearl naar mij. "Cen heeft precies hetzelfde gedaan, toen ze probeerde om de ri..."

Ik dook voorover en hield mijn hand over tante Pearls mond. "We probeerden allebei om je jack te pakken en dat is gelukt."

Tyler keek ons argwanend aan. "Wat is er toch met jullie aan de hand?"

"Dat doet er even niet toe," zei ik. "De moordenaar heeft Steve op zijn hoofd geslagen met een groot ijsblok. Vervolgens heeft de moordenaar het moordwapen laten smelten zonder een spoor achter te laten, behalve dan wat kleine stukjes ijs die aan de oppervlakte van het zwembad dreven, waarvan we allemaal dachten dat het kwam door de vorst."

Tyler pakte zijn telefoon en liep naar het raam. Hij legde onze bevindingen uit aan de patholoog en vroeg haar of Steve's hoofdwond overeen kwam met een ijsblok. Een paar minuten later kwam hij terug. "Volgens haar kan het ijs inderdaad het moordwapen zijn geweest."

Vervolgens liep Tyler weer even weg om het gesprek met de patholoog ongestoord af te kunnen maken.

Mam lachte. "Je bent echt briljant, Cen. Het moordwapen is gesmolten, heeft geen vingerafdrukken achtergelaten en ook geen andere sporen. Maar, één ding begrijp ik niet. Het duurt toch een eeuw voordat een groot blok ijs gesmolten is? Het vriest buiten, dus hoe kan iets in de winter dan smelten?"

"Het zwembad is verwarmd," legde ik uit. "De verwarming stond op de hoogste stand. Steve had van tevoren de temperatuur ingesteld, dus het was warm genoeg om in te kunnen zwemmen. Het enige wat de moordenaar nog hoefde te doen, was de temperatuur van het zwembad nog verder omhoog naar het maximum zetten. Maar je hebt wel gelijk, het duurt best wel een tijdje voordat zo'n enorm blok ijs is gesmolten, waarschijnlijk wel een minuut of vijftien, twintig op z'n minst. Wat we in het zwembad zagen waren waarschijnlijk alleen wat kleine ijsstukjes. Weet je nog dat je de kraan had horen lopen, Mam? Ik denk dat het grote ijsblok onder de kraan met heet water heeft gelegen om te smelten. Het bewijs is gewoon het riool ingegaan."

HOOFDSTUK 25

Tyler had zijn telefoongesprek afgerond en kwam terug de keuken in.

"De moordenaar moet even lang zijn geweest als Steve om hem op zijn hoofd te kunnen slaan," zei Mam tegen hem. "Sterker dan ik, want ik kan echt zo'n ijsblok niet boven mijn hoofd tillen. Ben ik nog steeds een verdachte, Sheriff?"

"Ik kan dat nog niet bevestigen of ontkennen, Ruby," antwoordde Tyler. "Maar, je hebt gelijk. Iemand die Steve heeft gedood moet nogal sterk zijn geweest. Waarschijnlijk een man."

"Jason had ruzie met Steve vlak voor zijn dood," zei Mam. "En Jason was ook ontslagen bij de televisieserie."

"Het kan ook Lucky zijn geweest." Ik verklaarde wat ik had gehoord toen ik Lucky en Jason bij de Witching Post had horen praten. "Hij had het met Jason over een opdracht. Ik vermoed dat Jason hem ergens voor had willen inhuren, maar niet als barman."

Tante Pearl schudde haar hoofd. "Wat heb je toch tegen hem? Lucky was gewoon aan het werk en dat weet jij ook, Cen."

"Ik denk gewoon na over alle mogelijkheden en hun gesprek kwam echt verdacht op me over, zeker omdat Steve vlak daarna werd vermoord," zei ik. "De moordenaar kende Steve's gewoontes en wist

157

dat hij zou gaan zwemmen. Het kan iemand zijn geweest die dicht bij Steve stond, of een bekende die iemand anders ingehuurd heeft."

"Maar dankzij de realityserie kent iedereen Steve en zijn gewoontes," reageerde tante Pearl.

Mam fronste. "Dat klopt, maar dat hij in het zwembad trainde was nieuw. Hij had tegen Cen en mij verteld dat hij op Nieuwjaarsdag het goede voornemen had gehad om te gaan zwemmen vanaf januari. Dat zou pas in een nieuwe aflevering worden uitgezonden en eerder heeft hij er in de serie nog niet over gesproken. Dat weet ik toevallig, omdat ik elke aflevering gezien heb."

Mams obsessie voor *The Real McCoys* was nog erger dan ik dacht. Desondanks bleek nu wel dat de moordenaar informatie had die maar weinig mensen wisten.

"Ruby heeft wel een punt. Alleen de mensen uit zijn naaste omgeving weten dat hij zwemt," beaamde Tyler.

"De moordenaar volgde Steve naar het zwembad en sloeg hem op zijn hoofd met het ijsblok toen hij vlak bij de rand van het zwembad stond," legde ik uit. "Toen Steve tegenstribbelde, heeft de moordenaar hem herhaaldelijk geslagen totdat hij stierf. De moordenaar heeft zijn lichaam vervolgens in het zwembad geduwd."

Mam hapte naar adem. "Het was een perfecte moord, met een moordwapen dat wegsmelt!"

"Dat klinkt zo vergezocht dat het moeilijk te geloven is," schamperde tante Pearl. "Waarom waren er geen voetafdrukken? Omdat de vloek de oorzaak was, daarom niet."

"Daar is een eenvoudige verklaring voor," zei ik. "De moordenaar heeft heet water op het terras gegoten toen hij terug naar het huis liep en zo zijn sporen uitgewist."

Tante Pearl schudde met haar hoofd. "Jouw theorieën worden met de minuut belachelijker, Cendrine. Die 'hoe word ik snel rijk'-plannen van jou en Ruby zullen ons allemaal ruïneren."

Mam rolde met haar ogen maar zei niets.

Het was heel moeilijk om tante Pearl te negeren, maar ik ging verder.

"De moordenaar moest nog wel de zak zien kwijt te raken waarin het ijsblok had gezeten. En wie zou nu in een pak roomijs gaan zoeken? Niemand, blijkbaar, zelfs de onderzoekers uit Shady Creek niet. De moordenaar heeft het roomijs eerst ergens anders in gedaan, net als ik deed. En hij heeft het vervolgens in de magnetron vloeibaar laten worden. Vervolgens heeft hij de lege verpakking van het ijsblok op de bodem van het pak roomijs gelegd en daarna het gesmolten chocoladeijs er weer overheen gegoten om het te verbergen. Daarna heeft hij het roomijs terug in de vriezer gezet zodat het weer bevroor."

"Is er een manier om erachter te komen wie hier allemaal geweest zijn?" vroeg Mam.

"Er hangen wel camera's, maar helaas doet de camera bij het toegangshek het niet," zei Tyler. "Dat kan er ook op wijzen dat het iemand uit het huis is geweest. Iemand heeft dit van tevoren gepland. Degene die Steve heeft vermoord, had wel het inzicht om die camera uit te zetten, maar de andere niet."

"En hoe zit het dan met de andere camera's?" vroeg Mam.

Tyler schudde zijn hoofd. "Die hebben verder geen andere activiteiten opgenomen. jammer genoeg is niet het hele terrein zichtbaar voor de camera's en ook deden een paar het niet. Het is goed mogelijk dat er iemand is binnengekomen en weer is weggegaan en dat die persoon de camera's heeft kunnen omzeilen. Dat zou best het geval kunnen zijn, aangezien we verder geen indringers op beeld hebben."

"Hangen er geen camera's bij het zwembad?" vroeg ik. "Er was er wel een bij het hek van het zwembad."

Tyler schudde zijn hoofd. "Nee, sorry."

Boos stampte tante Pearl op de vloer. Met haar wijsvinger wees ze naar Mam. "Jouw camera's doen het niet eens. Dat halfzachte getover van jou is onze ondergang geworden, Ruby."

Mam werd rood van kwaadheid. "Dankzij mijn halfzachte getover kunnen we anders wel de hypotheek betalen, Pearl."

Tante Pearl raasde maar door. "Je hebt onze reputatie om zeep geholpen en je jaagt leerlingheksen weg van Pearl's Charm School. Dit komen we nooit meer te boven."

Tyler stapte tussen Mam en tante Pearl in en hield ze met gestrekte armen uit elkaar. "Hou op met ruziemaken en denk even mee. De camera bij het hek aan de voorkant was heel handig geweest, maar er zijn andere manieren om te bepalen wie er wel en niet in het huis zijn geweest."

"Nou, Sheriff, opschieten dan. Zeg het maar." Tante Pearl kruiste haar armen voor haar borst en tikte met haar voet. "Ik wacht."

Tyler haalde diep adem. "Het klopt dat er maar een paar mensen sterk en groot genoeg waren om Steve te kunnen vermoorden. Het klopt ook dat een aantal mensen een motief en de mogelijkheid hadden om Steve te doden. Laten we eerst even kijken naar het motief. Wie hebben er allemaal baat bij Steve's dood?"

"Jason was boos omdat hij uit de serie was geschreven én hij heeft een dure drugshobby," zei Mam. "Het kan niet anders dan dat hij het is."

"Waarom heeft hij dan alleen Steve vermoord en niet ook Serena?" vroeg ik.

"Dat was hij misschien nog wel van plan," zei Mam.

"Kan," zei Tyler. "Maar dan denk ik dat hij dat wel zo snel mogelijk had willen doen. Hij wilde misschien wachten totdat ze daar alleen waren zodat hij hen dan allebei kon vermoorden. Jij had ook wel vermoord kunnen zijn, omdat je de moordenaar waarschijnlijk in zijn daden hebt gestoord. Ik denk dat je tegen hem hebt gepraat. Kun je je die stem nog duidelijk herinneren? Zou het Jason geweest kunnen zijn bijvoorbeeld, die deed alsof hij Steve was?"

"I… ik weet het niet. Ik luisterde naar wat er gezegd werd en lette niet echt op de stem," zei Mam.

"Ik geloof niet dat het Jason was," zei Tyler. "Het zou meer iets voor hem zijn om van hen te stelen, want door hen te vermoorden zou hij de gans met de gouden eieren hebben geslacht. Ongeacht hoe kwaad hij was; hij heeft niemand anders. Hij is financieel van hen afhankelijk en krijgt zijn geld van hen. Die geldstroom houdt op nu Steve er niet meer is. Dat geldt ook voor de hele filmcrew."

"Toen ik Jason en Lucky hoorde praten, leek het alsof Jason hem had willen inhuren voor een of ander schimmig zaakje," zei ik. "Bovendien was Lucky hier op het terrein vlak nadat Steve was overleden. Hij had achter de bar moeten staan van de Witching Post, maar ik weet niet zeker wanneer hij daar is weggegaan."

"Lucky zou het dan hebben gedaan in opdracht van Jason," zei Tyler. "Maar het resultaat blijft hetzelfde: Jasons geldstroom stopt."

"Misschien was het wel een driehoeksverhouding," opperde ik. "Misschien wilde Serena Steve wel uit de weg ruimen."

"Maar zonder Steve is er ook geen tv-serie meer," zei Mam.

"Niet als ze een andere hoofdpersoon vindt," zei ik. "Het is een realityserie die bol staat van de conflicten. Mensen smullen daarvan. De serie is bedoeld als entertainment. Het enige wat daarvoor nodig is zijn mensen die daaraan mee willen doen. Iemand die buitensporige dingen doet, die Serena bespeelt en haar uitdaagt, iemand die aantrekkelijk is en net zo interessant was als Steve. Iemand zoals…"

"Danny Nastasio!" riepen Mam en tante Pearl tegelijk.

"Zag je hoe die man naar haar keek?" riep Mam. "Ik mocht willen dat een man zo naar mij keek."

Tante Pearl knikte. "Ik durf te wedden dat hij veel meer doet dan alleen maar haar auto besturen. Hun verhaal over het winkelen bij Bunny's Key to Fashion sloeg echt nergens op. Wie blijft er nu serieus drie kwartier in Bunny's winkel rondkijken? Dat was alleen maar om een alibi te regelen."

Mijn mond viel open, zo geschokt was ik door tante Pearls plotselinge stemmingswisseling.

Tyler beet op zijn lip. "Het zou wel heel veel verklaren. Een scheiding zou helemaal niet goed uitkomen voor de serie, aangezien die over een getrouwd stel gaat. En bovendien zou Serena bij een scheiding financieel alles met Steve moeten delen. Als ze weduwe wordt, dan erft ze ook Steve's helft en krijgt misschien nog een riante uitkering van de verzekering op de koop toe."

Ik knikte. "Bunny's alibi is helemaal niet zo betrouwbaar, omdat haar geheugen haar zo in de steek laat. Maar hoe zit het dan met Abby, Danny en Serena, die elkaar een alibi verschaffen? Ze verschuilen zich achter elkaar, maar wat als ze hiermee een moord proberen te verdoezelen?" Ik kreeg een idee, maar ik had Tylers hulp nodig om dat te kunnen bewijzen.

HOOFDSTUK 26

yler vroeg de politie van Shady Creek om een oogje te houden op Serena en haar gevolg, die nog in Shady Creek zaten te eten in een luxe restaurant. De politie had instructies gekregen om ervoor te zorgen dat ze zeker nog een uur wegbleven. Ondertussen zaten Tyler en ik in zijn kantoor en bekeken we de beelden van de beveiligingscamera's van Bunny's Key to Fashion en het café ernaast.

Op Bunny's camera was duidelijk te zien dat de Mercedes van Serena de parkeerplaats bij de kledingwinkel niet had verlaten en daarmee leek het alibi van de twee vrouwen waterdicht. Of er iemand in- of uit de Mercedes was gestapt, was helaas niet helemaal duidelijk, want alleen de achterkant van de auto was zichtbaar geweest op de camera.

Tyler had ook beveiligingsbeelden gekregen van de panden ernaast. Een voor een liet hij de camera's op het scherm verschijnen en scrolde door de beelden heen, maar vond niets belangrijks. Serena en Abby waren te zien toen ze de winkel binnengingen. De Mercedes bleef op zijn parkeerplek staan. Er waren drie andere panden geweest met beveiligingscamera's die ook op winkelingang van Bunny gericht stonden, maar geen daarvan liet iets anders zien dan Serena en Abby die de winkel binnengingen en twee uur later weer naar buiten kwamen.

Het was best moeilijk om langer dan een minuut of tien te winkelen bij Bunny's Key to Fashion. Twee uur rondkijken was een eeuwigheid voor dat kleine winkeltje. Zelfs als je ook nog een beetje met Bunny kletste, dan zou je met twintig minuten zeker wel weer buiten staan.

Er waren nog vier andere winkels met beveiligingscamera's, maar die lieten niet de ingang van de winkel zien. Tyler speelde elke film versneld af. Het was een enorm karwei, zelfs met verhoogde snelheid.

Een half uur later klikte Tyler op de beelden van de camera bij Molly's Café en Bistro. Het café bevond zich net buiten de Hoofdstraat en om de hoek bij de winkel van Bunny. Het was er vlakbij, maar er was geen beeld zichtbaar van de winkel zelf.

Op straat stonden een paar auto's geparkeerd en een van hen was een wit busje dat vlak voor het café stond. Het busje viel me op, omdat het nog zo'n nieuw model was. De meeste mensen in ons niet echt welvarende dorp reden in auto's die minstens tien jaar uit waren, dus die witte bus viel zeker op.

Ik tikte op het scherm. "Kun je hem even op pauze zetten en inzoomen? Die bus lijkt heel erg op een van de busjes van de *Real McCoys* die bij ons bij de B&B geparkeerd staat."

Tyler zoomde in op de kentekenplaat, die van een andere staat was. Hij schreef het kenteken op en liep naar een ander bureau. Even later was hij weer terug. "Je hebt gelijk, Cen. Die bus staat geregistreerd op naam van de productiemaatschappij van de McCoys."

Tyler zette de film weer aan. Een minuut later reed de bus weg van de parkeerplaats bij het café, sloeg de hoek om naar de Hoofdstraat en verdween uit het zicht.

De film ging verder, maar de parkeerplaats bleef leeg.

"Kunnen we verder terug, om te zien wanneer het busje daar is gaan staan?" Ik hoopte dat we dan de chauffeur konden zien.

Tyler schudde van nee. "Deze camera is gaan opnemen op het moment dat het busje daar al stond. Hij neemt opnames van 24 uur en overschrijft dan eerdere beelden. Maar er zijn nog wat camerabeelden over om te bekijken. Misschien ontdekken we nog iets anders."

"Dat betekent dat de chauffeur al achter het stuur zat, toen om half elf 's-ochtends de camera begon met filmen." Ik was erg teleurgesteld dat we niemand hadden zien instappen. Er liepen steeds mensen heen en weer over de stoep, maar de parkeerplaats bleef urenlang leeg, zo leek het.

Opeens was daar het witte busje weer terug en het werd weer op dezelfde parkeerplaats voor het café neergezet.

"Hij is weer terug!" riep Tyler. "Hij is bijna twee uur weggeweest. Maar daar kan natuurlijk een logische verklaring voor zijn."

"Dat hangt van de chauffeur af," zei ik.

Ze waren allemaal zo gefixeerd geweest op de Mercedes die voor hun alibi moest zorgen, dat ze niet goed hadden gelet op de bewegingen van hun andere auto's. Dat bleek nu wel.

"Kun je op de ramen inzoomen, Tyler?"

Hij vergrootte het beeld. "Het is te korrelig om het goed te kunnen zien, zeker het beeld aan de passagierskant. Er zit iemand achter het stuur, logisch, aangezien die net de bus heeft geparkeerd. Iemand van de filmcrew kan wel een hele goede reden hebben om hier te staan, maar het zou wel heel toevallig zijn."

"Hij zal zo wel uitstappen," zei ik. "Maar nu kijken we naar de passagierskant. Is er ook een camerabeeld vanaf de overkant van de straat?"

"Ben al bezig." Tyler klikte op een ander bestand en nu zagen we het café vanaf het gezichtspunt dat ook de bestuurderskant in beeld bracht. Al snel stapte een lange man uit de bus. Hij droeg een pet diep over zijn ogen getrokken en een dik, donker jack. Vanwege de schaduwen van de gebouwen en de klep van zijn pet bleef zijn gezicht donker en moeilijk te onderscheiden. Met stevige pas liep hij naar de hoek van de straat en verdween uit het zicht.

Hij ging in de richting van Bunny's winkel. "Moet je zien hoe wijd hij zijn armen houdt bij het lopen. Dat is een wel heel kenmerkend loopje. Ik denk dat het Danny Nastasio is."

Tyler vergrootte het beeld. "Het is ook wel zijn bouw. Danny beweert dat hij de hele tijd bij Bunny geparkeerd stond, dus als je gelijk hebt, dan is zijn alibi nu aan diggelen. Hij zou het busje tot vlak bij het Rocklin Huis kunnen hebben gereden en vervolgens ongezien het terrein opgewandeld zijn. Hij vermoordt Steve, rent terug naar de bus, parkeert hem weer en loopt naar de Mercedes. Ik ga onderzoeken of er nog beelden zijn van andere winkels die we nog niet hebben gezien. En ik zal de forensisch onderzoekers uit Shady Creek vragen om te zoeken naar vingerafdrukken en DNA op de verpakkingen van het roomijs en het ijsblok. Ik verwacht niet dat Danny's DNA of vingerafdrukken erop te vinden zullen zijn, omdat we al weten dat Jason het had gekocht. Tenzij Danny van het ijs heeft gegeten of de boodschappen heeft weggezet natuurlijk. Het forensisch team moet ook bij het restaurant in Shady Creek waar ze nu zitten te eten DNA verzamelen. Het zal wel even duren voordat de resultaten van het DNA onderzoek bekend zijn, maar de vingerafdrukken geven ons hopelijk voorlopig genoeg bevestiging om weer een stap verder te en in dit onderzoek."

Tylers telefoon begon te zoemen. Hij keek er naar en zei tegen me: "Deze moet ik opnemen, het is de patholoog."

Ik knikte en keek weer naar het scherm. Er moesten toch meer doorslaggevende beelden te vinden zijn. Een goede advocaat zou misschien best een verklaring kunnen geven voor de vingerafdrukken en het DNA en als dat zo was, dan hadden we geen zaak meer. Zelfs als de patholoog haar mening zou bijstellen over de doodsoorzaak, dan zou het heel lastig worden om iemand te kunnen beschuldigen op bewijs dat alleen maar indirect is.

Serena zou daarbij ook nog de druk opvoeren. De serie over *The Real McCoys* had miljoenen kijkers. En of we het leuk vonden of niet, zo veel fans zouden misschien best van invloed kunnen zijn op wat er precies ten laste werd gelegd en hoe ernstig dat was. De dood van Steve zou worden uitgelegd in de serie, de serie die door miljoenen mensen werd bekeken. Serena zou de gebeurtenissen willen uitleggen en dan zou het bewijs toch echt waterdicht moeten zijn.

Ik zoomde weer in op het busje, hopend dat ik iets zag wat we eerder over het hoofd hadden gezien. Vanwege de felle zon was het lastig om binnenin de bus te kunnen zien. Maar de bestuurder van de bus moest wel iets te maken hebben met de McCoys, aangezien de bus op hun naam geregistreerd stond. De bestuurder kwam niet uit het dorp, dus misschien dat sommige dorpelingen hem nog wel konden herinneren.

Helemaal buiten adem stormde Tyler de kamer weer in. "Pak je jas en kom mee."

Wat hij toen zei veranderde alles.

HOOFDSTUK 27

"De patholoog heeft nu officieel de doodsoorzaak aangepast naar moord door een klap met een stomp voorwerp, gebaseerd op het bewijs van het ijsblok. Ze heeft bevestigd dat het formaat en de vorm ervan overeenkomen met de verwonding op Steve's hoofd."

Kleine sneeuwvlokjes werden dikke vlokken terwijl we haastig naar Shady Creek reden, waar de politie al op Tyler stond te wachten. Vervolgens zouden Serena, Jason, Danny en Abby verzocht worden om zich te melden bij het districtskantoor, zodat hen een verklaring zou worden afgenomen op basis van de nieuwe bewijzen. Toen we een bocht omgingen op de besneeuwde weg slipten de banden van de Jeep.

Ik hield me vast aan de deurgreep terwijl we weggleden. "Rustig aan, Tyler, ze gaan nergens meer heen."

Fronsend keek hij me aan. "Daar ben ik niet zo zeker van. Iemand heeft ze getipt dat wij bij het huis waren. De undercover agent die aan het tafeltje naast hen zat hoorde hen bespreken dat ze vanavond maar beter niet meer terug konden gaan. Er is een risico dat ze op de vlucht slaan. Serena wilde al een vliegtuig regelen. Op dit moment is Abby zelfs wat plaatselijke vliegmaatschappijen aan het checken."

Het restaurant lag ongeveer een kilometer van de snelweg af en het was ongeveer net zo ver naar de regionale luchthaven. Wij moesten nog minstens 16 kilometer over een binnenweg en konden hen zo niet meer op tijd tegenhouden.

"Kan de politie uit Shady Creek ze niet vastzetten?"

"Ze mogen niet zomaar een groep mensen in de cel gooien zonder een goede reden, dan moeten ze hen eerst arresteren."

"Denk je dat er nog gevlogen wordt met dit weer?" Met heel slecht weer ging het vliegveld van Shady Creek dicht.

"Ik hoop echt van niet, Cen, maar als ze maar genoeg geld meebrengen is er vast wel iemand die ze ergens naartoe wil vliegen. Serena heeft ook al met haar advocaat gesproken over een rechtszaak vanwege een ongeluk met de dood tot gevolg. Ze wil daarmee Ruby aanklagen, maar ook het dorp. Westwick Corners heeft echt de middelen niet om een rechtszaak aan te kunnen. We zullen dan een schikking moeten treffen en dan is het dorp echt failliet."

"Ze dreigt alleen maar met een rechtszaak om ons af te leiden," zei ik. "Ze probeert ons bang te maken, zodat jij niet langer op zoek gaat naar een andere doodsoorzaak dan een ongeluk."

"Dat gaat haar niet lukken," zei Tyler. "Ze gedraagt zich niet bepaald als een treurende weduwe. Waarom zou ze eigenlijk iemand willen beschermen die haar man misschien wel heeft vermoord?"

"Ik knikte. "Ik denk niet dat Jason Steve heeft vermoord. Ik geloof namelijk niet dat Serena, zijn stiefmoeder, hem nog financieel blijft ondersteunen na Steve's dood en ik denk dat Jason dat ook wel weet. Serena zou hem ook niet willen beschermen."

"Denk je dat iemand aan Jason heeft gevraagd om het ijs te kopen?"

"Ja," knikte ik weer. "De enigen die Jason zo'n opdracht konden geven waren Serena of Steve. Een van hen heeft hem waarschijnlijk gevraagd om even bij de winkel langs te gaan."

"Maar hij had geen verklaring voor de tijd dat hij weg was en jij zag ook dat zijn auto bij de Witching Post weg was."

"Klopt," beaamde ik. "Maar ik had hem een paar minuten eerder nog in de bar gezien. Dan zou hij veel te weinig tijd hebben gehad om Steve te vermoorden, het ijs te smelten en de verpakking in de vriezer te verstoppen. Hij lijkt de meest voor de hand liggende verdachte, maar ik ben bang dat hij erin wordt geluisd."

"Denk jij dat Serena...?"

Ik knikte. "Danny Nastasio is niet zomaar een trouwe werknemer. Ik denk dat hij een verhouding heeft met Serena. Heb je gezien hoe hij naar haar kijkt? Ik bedoel, ze is heel knap, maar het is niet alleen dat."

"Zou hij verliefd op haar zijn?" vroeg Tyler.

"Dat is toch overduidelijk? Hij is altijd bij haar in de buurt, maar in tegenstelling tot Abby blijft hij een beetje op de achtergrond, zodat hij niet te veel de aandacht trekt. Hij is het derde wiel aan de wagen in een liefdesverhouding en daar heeft hij genoeg van. Dat is nogal een motief voor moord."

Tyler knikte. "Een jaloerse minnaar. Maar hij heeft er minder bij te winnen dan Serena. Nu Steve er niet meer is, hoeft ze niet meer te scheiden. Ze wilde waarschijnlijk van de relatie af zonder er financieel op achteruit te gaan. Geen gedoe ook om de voogdij, ze hadden samen geen kinderen."

"Geen kinderen, maar die realityserie is wel een beetje hun kindje, aangezien ze samen vanaf nul zijn begonnen en het nu een miljoenensucces is. Misschien waren ze het wel oneens over hoe het verder moest met de show, of de eigendomsrechten, of de merchandising. Dat zou niet voor het eerst zijn. Ik weet dat Steve het niet leuk vond dat Jason uit de serie werd geschreven, maar dat gebeurde ook. Hij ging er wel in mee, maar uiteindelijk is het Serena die alles bepaalt."

"En, Abby heeft laten vallen dat Steve volgend jaar uit de serie zou worden geschreven. Ik kan me niet voorstellen dat hij uit zichzelf wilde stoppen. Die serie was voor hen allebei een goudmijn. Waarom zou hij anders zeggen dat zijn zwemtraining in het volgend seizoen te zien zou zijn in de serie? Serena is ongetwijfeld populairder dan Steve, maar ze had hem wel nodig als sidekick en als tegenwicht voor haar psycho gedrag. Iedere week kijken er zo veel mensen, omdat ze verslaafd zijn aan hun problematische relatie."

"Daarmee zou het moord met voorbedachten rade zijn," zei Tyler. "Als Serena Steve al uit de serie had laten schrijven omdat ze wist dat hij er het volgende seizoen niet meer zou zijn, dan is dat nogal belastend. Ik vraag me af of zijn zwemtraining wel zijn idee was, of misschien had zij het wel bedacht? Misschien kunnen we wel het script vinden dat dat bewijst. Hoe meer bewijs we hebben, des te sterker staan we."

Toen we het parkeerterrein van het restaurant opreden, was ik opgelucht toen ik de witte Mercedes nog steeds buiten zag staan. Ertegenover stond een onherkenbare politieauto met twee undercover agenten erin.

HOOFDSTUK 28

*H*et drukke geroezemoes in het restaurant viel plotseling stil. Mensen draaiden zich om naar de luide stemmen. Sommigen herkenden opeens de beroemdheid die daar zat. Ik realiseerde me ineens dat twee andere mensen undercover agenten waren. De man en de vrouw, allebei begin dertig, zagen er fit uit. Ze zaten aan een ander tafeltje vlakbij en zaten startklaar om elk moment in actie te kunnen komen.

"Jullie zijn allemaal gek geworden!" Serena vloekte. "De producers hebben Steve uit de serie geschreven omdat hij nogal wispelturig was de laatste tijd. Het werd steeds moeilijker om een aflevering te filmen zonder dat Steve ontspoorde. Zeg het ze, Abby."

Abby beet op haar lip, duidelijk niet op haar gemak door Serena's verzoek. "Ik weet dat het script vorige week is aangepast. Steve zou worden vervangen door een andere hoofdpersoon."

Ik fronste. "Een andere tegenspeler? Het is toch een realityserie over een huwelijk? Waarom heb je dan aan ons gevraagd om een ceremonie te regelen voor het vernieuwen van de huwelijksgeloften?"

Abby haalde haar schouders op. "Dat is vertrouwelijk. Ik kan niet meer vertellen dan dit."

Serena rolde met haar ogen. *"The Real McCoys* is alleen maar een serie over liefde en alle voor- en tegenspoed daaromheen en we wilden op het hoogtepunt stoppen. Daarom gaan we vanaf hier een stapje terug doen en daarom waren dit de laatste hoofdstukken over onze relatie in de serie. Maar dat heeft niets te maken met onze echte relatie. Dat het om een realityserie gaat wil niet zeggen dat onze levens precies zo verlopen. In het echte leven zijn we daar veel te saai voor. Jij hebt ons meegemaakt, Cen, zou je daar naar willen kijken op tv?"

Ik dacht terug aan hoe Mam en ik eerder Serena en Steve hadden ontmoet. Ze hadden toen het perfecte echtpaar geleken, maar ze waren niet voor niets acteurs. "Nee, zeker niet."

"Nou, ik ben blij dat we dat hebben kunnen ophelderen. Jullie zijn helemaal voor niets door die sneeuwstorm hierheen gereden." Serena draaide zich om naar Abby. "Regel jij wat hotelkamers voor de komende nacht?"

De undercover agent die vlakbij had gezeten stond op en liep naar de deur. Vervolgens verscheen er een jonge serveerster met de rekening en een verzoek om een handtekening.

Danny stond op en liep naar Serena waar hij wachtte, terwijl zij in haar tas rommelde. Hij kruiste zijn armen voor zijn borst en keek ons onbewogen aan.

Ik wist nu echt zeker dat hij de bestuurder was van de bus. Zijn lengte en bouw van een bodybuilder waren niet te missen. Hij kwam een paar centimeter boven Tyler uit en zo met zijn gespierde armen omhoog zag hij er heel herkenbaar uit.

Serena liet haar creditcard op tafel vallen en zette haar handtekening op het servetje voor de serveerster.

"Is Steve er ook?" vroeg de serveerster. "Ik zou zijn handtekening ook graag hebben."

Na een paar seconden stilte gaf Serena antwoord. "Hij is verhinderd, dus je hebt pech. En wat je hier ook hebt gehoord, je mag daar helemaal niets over doorvertellen."

Ze gooide drie biljetten van honderd dollar op de tafel en stond op. "Hou het wisselgeld maar. Abby, heb je al een hotel gevonden?"

"Dat zal niet nodig zijn," zei Tyler. "Jullie gaan allemaal met mij mee."

* * *

Tien minuten later zaten Serena, Abby en Danny alle drie in aparte ondervragingsruimtes in het districtskantoor van de Shady Creek Politie. Serena was de eerste die doorsloeg. Ze beweerde dat Danny Steve had vermoord in een dronken vlaag van woede en dat hij haar ook had bedreigd. Toen dat geen effect had, probeerde ze met Tyler te onderhandelen, waarbij ze aanbood om haar aanklacht over dood door een ongeval te laten vallen als Tyler het onderzoek zou stopzetten. Daar ging hij niet in mee.

Ik zat in een andere kamer en keek naar de camerabeelden die lieten zien hoe Danny werd ondervraagd. Tyler en iemand van de Shady Creek recherche trokken hun stoelen dichter naar Danny toe. Tyler deed het verhaal. Nu hij zo intensief ondervraagd werd, leek hij nog maar een schim van hoe hij eerst was. De gespierde chauffeur schrompelde ineen op de plastic stoel en kruiste zijn armen. Hij staarde naar de vloer. Hij was verslagen en dat besefte hij.

Tyler trok zijn stoel nog iets dichterbij. "We hebben je op camerabeelden staan, Danny. Ook hebben we het bewijs dat jij Steve hebt vermoord, dus je kunt maar beter gewoon meewerken."

"Maar ik was helemaal niet in de buurt van het huis, dat heb ik al verteld. Ik stond buiten bij de kledingzaak te wachten." Hij keek de ruimte rond op zoek naar een mogelijkheid om te ontsnappen die er niet was.

"Serena heeft ons alles al verteld," zei de rechercheur. "Jij hebt dit allemaal geregeld en daarom ga jij de rest van je leven de gevangenis in."

Danny schudde zijn hoofd. "Ik heb de hele tijd in de auto zitten wachten, terwijl zij aan het winkelen waren. Dat kan ik bewijzen."

De Shady Creek rechercheur stond op, liep naar de deur en pakte de deurknop vast. "Wij hebben andere bewijzen. Wil je ons jouw versie van het verhaal geven?"

"Er is geen andere versie, alleen de waarheid," zei Danny. "Zoals ik al zei, ik was daar niet eens."

Ondanks zijn stoere uiterlijk was Danny een onnozele, verliefde sukkel. "Ik denk dat er een misverstand is. Mag ik even met haar praten?"

"Nee. Zelfs al zouden we dat doen, dan is dat toch een heel slecht idee, Danny." De rechercheur leunde tegen de muur. "Ik zou het je niet aanraden, zeker niet omdat zij jou beschuldigt van moord."

Danny vloekte binnensmonds. Hij liet een volle minuut zijn hoofd hangen. Toen keek hij op en keek Tyler strak aan. "Ik heb niet... Hij mishandelde haar en toen zij wilde scheiden, dreigde hij haar te vermoorden."

De rechercheur grinnikte. "Dat klinkt helemaal als een aflevering uit *The Real McCoys*. Ze is best een goede actrice, moet ik zeggen. En jij bent er helemaal ingetrapt, nietwaar?"

Danny's stem brak. "Maar het is echt waar, ik heb de blauwe plekken gezien. Serena was echt bang en ze heeft me gesmeekt om haar te helpen!"

"Heeft ze je gevraagd om hem te vermoorden?" vroeg Tyler.

"Ze... eh... ze zei het niet precies zo, maar ik wist wat ze bedoelde," zei Danny. "Ik moest haar helpen. Als ik dat niet zou doen, zouden we nooit samen verder kunnen."

"Je was verliefd op haar." Tyler schoof een doos met tissues over de tafel naar Danny toe. "Hoe lang hadden jullie al een relatie?"

Danny zuchtte. "Meer dan een jaar. Ze stond op het punt om hem te verlaten, maar toen ontdekte hij het van ons. Hij sloeg haar en bedreigde mij. Hij zou ons allebei hebben vermoord."

"Kwam hij bij jou verhaal halen?" vroeg Tyler.

"Dat niet." Danny schudde zijn hoofd. "Maar Serena had me verteld dat hij erachter was gekomen. Ze bleef maar zeggen dat ze hem zou verlaten, maar vanwege de serie..."

"En jij geloofde haar? Ze heeft je gewoon aan het lijntje gehouden, Danny." De rechercheur voegde eraan toe: "Ze heeft jou het vuile werk laten opknappen om een onschuldige man te vermoorden."

"Nee, nee! Dat is niet hoe het is gegaan. Ze was in gevaar... we houden van elkaar." Danny pakte een tissue uit de doos en bette zijn ogen. "Hij hoefde van haar niet dood, ze wilde hem alleen maar verlaten, maar hij liet haar niet gaan. Ik ben naar hem toe gegaan om met hem te praten, om hem te confronteren met alles. Ik ben alleen gegaan, omdat Serena niet wilde dat ik me ermee zou bemoeien. Daarom ben ik er stiekem naartoe gereden toen Serena en Abby aan het winkelen waren. Ik wilde hem alleen maar een beetje angst aanjagen, dat is alles."

De rechercheur van de Shady Creek politie ging verder: "Wat attent zeg. Je neemt het voor haar op, terwijl zij je aan de hoogste boom ophangt. Ze geeft jou overal de schuld van, Danny. En jij verdwijnt voor de rest van je leven achter de tralies terwijl zij wel weer ergens een andere vent opduikelt."

"Niet waar." Maar nu begon Danny toch wat onzeker te kijken. Het was hem aan te zien dat hij echt van Serena hield en geloofde dat zij hetzelfde voor hem voelde.

"Je hebt hem vermoord, Danny," zei Tyler zachtjes. "Met het ijsblok dat je van tevoren had geregeld. Je had alles al gepland. Dit is moord met voorbedachten rade."

"Ik hoefde niet te zorgen voor het ijs, dat was er al. Serena zei dat ik stiekem door de voordeur naar binnen kon en dan het ijsblok uit de vriezer moest halen. Ik wilde Steve alleen maar een beetje bang maken, wat op stang jagen." Danny stopte even. "Ik heb hem nauwelijks aangeraakt, maar opeens viel hij en was hij bewusteloos. Ik raakte in paniek en duwde hem het zwembad in."

Het stond vast dat Serena het plan had gemaakt om Steve te vermoorden. Danny was waarschijnlijk net zo schuldig, maar hij probeerde onder de moordaanklacht uit te komen. Jason, die het ijs had gekocht, was waarschijnlijk medeplichtig zonder het zelf te weten. Serena liet Jason de spullen kopen, terwijl zij wist dat ze tegen zijn vader gebruikt zouden worden. Bovendien zou Jason een handige zondebok zijn, maar Serena had er niet op gerekend dat er bewijs zou worden ontdekt dat naar Danny zou wijzen.

Het was Serena bijna gelukt om weg te komen met de perfecte moord, gepleegd door haar minnaar en met bewijs dat wees naar haar stiefzoon. Dat de gebeurtenissen in een bijna onmogelijk korte tijd konden plaatsvinden was ook nog bijna gelukt, als Mam Steve niet in het zwembad had zien liggen. Dan had het veel langer geduurd voordat Steve's lichaam was gevonden en was zijn dood zo goed als zeker als een ongeluk afgedaan.

"Ze houdt niet van je, Danny. Dat heeft ze nooit gedaan. Ze ontkent dat jullie geliefden waren en beweert dat je alles uit eigen beweging hebt gedaan." Tyler krabde aan zijn kin.

"Je liegt!" Danny's ogen spuwden vuur. "Ze zou hem voor mij verlaten."

De rechercheur schudde zijn hoofd. "Niet volgens haar verklaring. Ze was van plan om je te ontslaan. Ze zei dat je jaloers was, een oogje op haar had en dat het vervelend begon te worden. Ze heeft al een advocaat en die lust je rauw, jongen."

"Dat kan ze niet gezegd hebben..." klonk Danny wanhopig.

HOOFDSTUK 29

Tegen de tijd dat we op het punt stonden om terug te rijden naar Westwick Corners was het gestopt met sneeuwen, waren de wegen schoongeveegd en kwam de zon net op. Het was Valentijnsdag.

Ik probeerde een geeuw te onderdrukken toen Tyler de bochtige weg insloeg naar de B&B. Na een haastig ontbijt waren alle crewleden van de McCoys uitgecheckt en vertrokken, en daar was ik wel blij om. Ik had al 24 uur geen oog meer dichtgedaan en ik was helemaal niet in de stemming om me nog met gasten bezig te houden.

Mijn buikje, nu dun en slank, verlangde naar toast met eieren en koffie.

Eenmaal binnen doken we de keuken in en laadden onze borden vol met eten.

Ik schonk voor mezelf een grote mok koffie in en nam mijn ontbijtbord mee naar de eetkamer. Het was volgeladen met roerei, beboterde toast en als bonus een scone met bosbessen. Mijn dieet had ik overboord gezet. In de korte tijd dat de vloek opgeheven was, was mijn lichaam weer geslonken tot het formaat van vóór de vloek. Ik vermoedde dat naast de vloek, ook tante Pearls toverspreuken iets te maken hadden gehad met mijn uitdijende taille, maar dat zou ik vast nooit kunnen bewijzen.

Tyler zat al aan de eettafel en luisterde geamuseerd naar Mam en tante Pearl, die over en weer zaten te bekvechten.

"Geef toch toe dat je fout zat en verkoop dat Rocklinhuis, Ruby."

"Nee! Dat hoeft niet meer, omdat Cendrine de vloek heeft opgeheven."

Tyler fronste. "Wat is toch die vloek waar iedereen het steeds over heeft?"

Tante Pearl hield een vinger tegen haar lippen. "Sst! Alleen al het noemen van de vloek kan ongeluk brengen."

"Roep maar zo veel je wil, want hij bestaat niet eens," lachte Mam. "Hoewel, een goed verhaal over een vloek zou misschien wel juist toeristen kunnen trekken. Ik ben blij dat Cendrine zo goed kan toveren, maar ik geloofde toch al niet in die Rocklinvloek. Het is gewoon een mythe."

Ik nipte van mijn koffie en mijn gedachten dwaalden af. Alles was weer in orde. Het was Valentijnsdag en Tyler en ik zouden vanavond in een luxe restaurant uit eten gaan en daarna zou hij... wacht! Hoe zou hij een aanzoek kunnen doen zonder een verlovingsring?

Tyler stond op en liep naar het raam. "Zullen we een ander keer uit eten gaan, Cen? De wegen zijn nog glad en ik heb niet zo'n zin om weer helemaal naar Shady Creek te rijden. Eigenlijk blijf ik liever hier."

Was dat vanwege de sneeuw of was het een excuus omdat hij de ring niet meer had?

"Prima." Ik voelde me opgelucht en teleurgesteld tegelijk. Maar nu had ik wel de gelegenheid om tante Pearl aan de tand te voelen over de ring.

"We gaan wel een andere keer. Zal ik in plaats daarvan vanavond een heerlijk valentijnsdiner voor je maken?"

"Nou, dat mag in de krant!" zei tante Pearl sarcastisch.

"Wat zeggen jullie ervan als ik ga koken voor jullie allemaal?" glimlachte Tyler.

En dat deed hij.

HOOFDSTUK 30

$\mathscr{N}$u de vloek verdwenen was, paste ik ook in mijn prachtige, met kraaltjes borduurde jurk. Hij was zelfs nog mooier dan ik me kon herinneren en de rits ging heel makkelijk dicht. Tevreden stond ik in mijn slaapkamer voor de spiegel, maar ook opgelucht dat ik de jurk paste. Hij zat zelfs een ietsje pietsje te ruim.

Na een laatste blik op de spiegel ging ik naar de eetkamer beneden, waar de tafel al gedekt was met Mams mooiste servies. Er was een Caesar salade, versgebakken knoflookbrood en er stonden een paar schalen te dampen met verschillende soorten groentes.

Tyler verscheen uit de keuken met een schaal fettucini met gebakken kip. Hij zette de schaal op tafel en liep naar de trap, waar hij me in zijn armen nam en me kuste. "Cen, wat ben je mooi!"

Ik staarde naar mijn knappe vriend met zijn onweerstaanbare lach en bedacht me hoe gelukkig ik was.

Mam kwam de eetkamer binnen met een grote ovenschaal en tante Pearl liep met lege handen achter haar aan.

Mam zette de ovenschaal op tafel en glimlachte naar Tyler. "Je hebt nooit verklapt dat je kon koken."

"Ik ben geen fijnproever zoals jij, Ruby. Jouw talent is pas echt magisch."

"Slijmerd." Tante Pearl pikte een sneetje knoflookbrood van het bord op tafel en nam een hap.

"Fijn dat het je smaakt," zei Tyler.

Ik was stomverbaasd. "Wanneer heb je dit dan allemaal gedaan? Had je dan nog tijd om boodschappen te doen?"

Tyler glimlachte. "Ik plan graag vooruit."

Er werd op de deur geklopt. Mam ging naar de voordeur en kwam even later terug met Earl, de vriend van tante Pearl. Hij ging naast tante Pearl aan tafel zitten, tegenover Tyler en mij. Mam zat aan het hoofd van de tafel en Oma Vi zweefde boven de lege stoel aan het andere einde, terwijl ze een liedje neuriede.

Nu werd het echt heel gezellig.

In plaats van een romantisch etentje was het een familiediner geworden. Maar misschien was het wel een beetje van allebei. Romantische liefde, liefde voor familie, het was allemaal fijn. En Tyler was nu ook praktisch familie. Het was hoog tijd om hem te vertellen over de geest van Oma Vi. Ook al was er een tijd en plaats voor alles, toch leek dat nu nog niet verstandig.

Er stond iets te gebeuren.

Earl stond op en liep naar de woonkamer. Even later kwam hij terug, met een gitaar. Hij hing de band over zijn schouder en liep terug naar de eettafel, waar hij naast tante Pearl ging staan en begon te tokkelen.

"Earl? Wat doe je?" Tante Pearl bloosde en haar ogen werden groot.

Earl glimlachte. Zijn vingers bewogen behendig over de snaren terwijl hij zong:

Er hangt liefde in de lucht
Er hangt liefde in de lucht

Nooit heb ik geweten
Van jouw hartenkreten

Maar nu hangt er liefde in de lucht

Ik had het niet door
Wat was ik een domoor
Maar nu hangt er liefde in de lucht

Er hangt liefde in de lucht
Er hangt liefde in de lucht

Ik voel me zo blij
Voel jij hetzelfde voor mij?

Jij zit bij mij vanbinnen
en ik hoop je hart te winnen
Want nu hangt er liefde in de lucht

Ik laat je niet meer gaan
Waar we ook zullen staan
Want nu hangt er liefde in de lucht

Er hangt liefde in de lucht
Er hangt liefde in de lucht

Ons geheim nu openbaar
Want ik ben je minnaar
Nu hangt er liefde in de lucht

.   .   .

Mijn hart klopt voor jou
  Omdat ik zo van je hou
  Want er hangt liefde in de lucht

Nu zal ik me uitsloven
  En wil je iets beloven
  Onze harten smelten samen
  Voor altijd tezamen

Laat mij je hand vragen
  Wil je mijn ring dragen
  Want nu hangt er liefde in de lucht

TANTE PEARL BLOOSDE. "Oh, Earl, hou op."

"Wat prachtig, Earl!" Met vochtige ogen klapte Mam in haar handen. "Heb je dat zelf geschreven?"

Earl gluurde even naar tante Pearl voordat hij antwoordde: "Het is een tekst waar ik de muziek bij heb gemaakt."

Ik applaudisseerde. "Ik wist niet dat je ook liedjes schreef, Earl. Het is heel erg mooi. Je bent net zo'n goede liedjesschrijver als je muziek maakt."

"Eh... ik heb de tekst niet geschreven, dat heeft Pearl gedaan. Ik heb er alleen een liedje van gemaakt."

"Pearl heeft een liefdeslied geschreven?" Mams ogen werden groot. "Dat... geloof ik niet!"

"Het is geen liefdesliedje, Ruby," zei tante Pearl. "Ik heb gewoon wat woorden op rijm gezet. Ik snap niet waarom er zo'n drukte over gemaakt wordt."

Mam zei lachend: "Maar het is toch geweldig, Pearl? Het is zo... romantisch!"

"En waarom is dat grappig? Het is gewoon een stom liedje." Tante

Pearl sprong op uit haar stoel. "Je zou tegen niemand iets zeggen, Earl."

"Nou, ik denk dat iedereen het nu wel weet." Earl legde liefdevol zijn hand op de arm van tante Pearl. "Niet boos zijn, Pearl."

Pearl opende haar mond om iets te zeggen, maar deed hem weer dicht. Ze zag er verbijsterd uit. "Ik haal het dessert."

"Maar we zijn nog niet eens begonnen met eten!" lachte ik.

Tante Pearl wierp me een blik toe en vertrok toen haastig naar de keuken.

Was tante Pearl nu in verlegenheid gebracht door Earls aanzoek of was het omdat hij het had gedaan waar iedereen bij was?

"Dachten jullie twee nu echt dat je het geheim kon houden?" lachte Tyler. "We wisten allemaal al lang dat dit eraan zat te komen."

Earl haalde zijn schouders op. "Pearl wilde dat, ze zei dat het haar reputatie zou ruïneren. Maar ik vind juist dat je daardoor niet compleet gelukkig kunt zijn."

Earl was de enige persoon ter wereld die tegen tante Pearl in kon gaan en er ook nog mee wegkwam.

Hij knipoogde. "Ze kan er vandoor gaan, maar dat leidt nergens toe. Ik moest het aanzoek wel doen waar iedereen bij was, anders zou ze later weer ontkennen dat het was gebeurd. Met een beetje geluk en overtuiging denk ik dat ze het uiteindelijk wel met me eens zal zijn."

De keukendeur vloog open en tante Pearl kwam tevoorschijn met Mams met chocola geglazuurde cake. Ze zette hem midden op tafel neer en ging weer zitten, zonder ook maar iemand aan te kijken, ook Earl niet.

Hij zei tegen haar: "Pearl, wil je…"

Vlug stak ze haar hand op. "Niet hier, Earl."

Hij negeerde haar en begon te zingen: *"Pearl, wil jij…"*

Protesterend hield ze haar handen op, maar haar mondhoeken krulden zich tot een glimlach. "Stop voordat je jezelf helemaal voor gek zet. Kom op mensen, neem wat cake."

Earl sloeg een paar akkoorden aan op zijn gitaar, nu in een sneller upbeat tempo:

. . .

183

"Pearl, oh Pearl
  Jij bent het helemaal voor mij
  Doe mij een lol
  En maak mij nu blij
  Pearl, wil jij met mij..."

Het gezicht werd bijna net zo rood als haar rode velours broekpak. "Wil ik wat?" Earl knipoogde. "Je weet heus wel wat ik je wil vragen, Pearl." Hij begon opnieuw op zijn gitaar te spelen en zijn zachte stem klonk steeds luider:

"We houden onze liefde niet langer stil
  Voor iedereen die het horen wil
  Want nu hangt er liefde in de lucht"

Earl hield even zijn mond en wachtte op een antwoord.
  In de kamer kon je een speld horen vallen.
  "Oh, Earl, hou toch op, alsjeblieft."
  Maar Earl was onvermurwbaar en zette weer in:

"Zeg nu toch ja
  Dan zeg ik hoera
  Want er hangt liefde..."

"Oké, oké, goed! Je accepteert toch geen nee, dus je kan het krijgen. Ja, ik wil! Nou, hou nu alsjeblieft op!" Tante Pearl balde haar vuist naar Earl, alsof ze hem en zijn gitaar weg wilde toveren.
  Geschrokken deed Mam haar hand voor haar mond. "Is dit wat ik denk dat het is?"

Earl glimlachte. "Ik weet niet wat je denkt, Ruby, maar je zit vast op het goede spoor."

"Earl, alsjeblieft!" Tante Pearl keek de tafel rond en was duidelijk in shock vanwege het huwelijksaanzoek dat ten aanzien van ons allemaal was gedaan. Ze probeerde onze reacties te peilen en keek toen strak naar haar bord.

Earl leek nu toch even van zijn stuk gebracht. Hij beet op zijn lip; dit was niet helemaal de reactie van tante Pearl waar hij op had gehoopt.

Iedereen in de kamer wist dat Earls lied een vermomd huwelijksaanzoek was. Dus ook tante Pearl.

Kon het haar dan helemaal niets schelen dat ze Earl hiermee kwetste?

Even later zei ze: "Tjonge, oké, Earl. Zet die verdraaide gitaar opzij en eet je bord leeg."

Er verscheen een lach van oor tot oor op Earls gezicht terwijl hij opstond om zijn gitaar weg te zetten tegen de muur. Toen hij weer aan tafel ging zitten zei hij: "Je weet toch dat ik voor jou alles doe, Pearl."

"Zo'n lieve man! Die moet je niet meer laten gaan, Pearl!" giechelde Mam.

Oma Vi klapte in haar handen. "Bravo!"

Tante Pearl rolde met haar ogen. "In godsnaam, het is gewoon maar een liedje! Rustig aan allemaal. Ik wilde het geheim houden, maar dat kan nu niet meer. Earl en ik zijn namelijk aan het componeren geslagen. Ik schrijf de tekst en hij de muziek. We zijn bezig met een liedjeswedstrijd en die gaan we misschien wel winnen."

Tyler grinnikte. "Oh, echt? Waar kan ik meer te weten komen over deze wedstrijd?"

"Nergens," grijnsde tante Pearl naar Tyler. "Jij kunt vast geen goed liedje schrijven, maar ook al was dat wel zo, dan ben je toch te laat, want de deadline was een week geleden."

Misschien hadden ze inderdaad een lied gemaakt en misschien bestond die wedstrijd wel echt, maar ik had mijn twijfels. Ik kon me niets voorstellen bij tante Pearl die romantische teksten schreef en al helemaal niet dat ze die openbaar maakte voor een wedstrijd.

Earl had haar net een huwelijksaanzoek gedaan en op haar eigen vreemde manier had Pearl het aanzoek geaccepteerd. Eén ding stond vast: als Earl op één knie was gaan zitten en haar zo had gevraagd, dan had ze daar niet goed op gereageerd. Nu was Earl subtiel geweest en had hij voor het oog van ons allemaal op cryptische wijze hun liefde aan de wereld kenbaar gemaakt, in ieder geval aan onze familie. Dat had tante Pearl zelf nooit gedaan. Ze had nooit toegegeven dat ze verliefd was op Earl of dat ze met hem wilde trouwen. Die goeie ouwe Earl begreep haar als geen ander. Hij was zo creatief geweest met zijn aanzoek dat Pearl geen gezichtsverlies leed en het geen afbreuk deed aan haar knorrige imago. Toch kwam Earl als winnaar uit de bus met zijn brutale aanzoek.

* * *

EEN HALF UUR LATER ZATEN WE VOLDAAN AAN DE EETKAMERTAFEL NA EEN HEERLIJK DINER. Mam en ik maakten plannen voor een overdreven bruiloft voor Earl en tante Pearl. Earl speelde nog een paar liedjes op zijn gitaar terwijl Tyler plakjes sneed van Mams chocoladecake.

Mams baksels waren altijd heerlijk. Iedere creatie leek wel besprenkeld te zijn met een beetje magie, hoewel ik wel wist dat ze altijd alles zelf maakte, zonder dat er enige hekserij aan te pas kwam. Dat vereiste best wat wilskracht, want heksen konden nu eenmaal van alles tevoorschijn toveren. Maar met bakken is het, net als in het echte leven, dat je het toch echt zelf moet doen. Je krijgt wat je er van maakt, niets meer en niets minder.

Ik genoot van de intense smaak van chocola, maar ineens beet ik op iets hards. Ik spuugde het irritante stukje uit in mijn servet.

In het servet lag een met cakekruimels bedekte ring.

Een schitterende, diamanten verlovingsring.

Hij was precies hetzelfde als de ring die tante Pearl had gevonden in Tylers jaszak, op één detail na. In deze ring zat een roze diamant en geen witte. Maar, Earl had net tante Pearl toegezongen met een huwe-lijksaanzoek. Dus deze ring was vast niet voor mij bedoeld. "Oh, nee! Tante Pearl, ik denk dat ik jouw…"

"Ah, gelukkig. Ik was al bang dat je dat ding zou inslikken," riep Mam.

De prachtige, roze edelsteen schitterde en het licht weerkaatste op de facetten. Tyler had echt een ring gekocht, alleen was dit een andere dan degene waar tante Pearl me eerder mee had getreiterd. Die van haar was een kopie en het grote verschil was dat haar tevoorschijn getoverde ring een witte diamant had in plaats van de roze die ik nu vasthield. Daar had tante Pearl toch een belangrijk detail over het hoofd gezien met haar gemene toverkunsten. Maar dat maakte nu niet meer uit.

Tyler schoof zijn stoel naar achteren en ging op een knie zitten. "Cendrine West, wil je met me trouwen?"

OVER DE AUTEUR

Colleen Cross is de auteur van de bestselling Fraudethriller-serie rond Katerina Carter en de daarvan afgeleide serie de Kleur van Geld, ook met Katerina Carter in de hoofdrol. Haar twee populaire thriller/detectiveseries hebben dezelfde hoofdpersoon. Katerina Carter is een slimme forensisch accountant en fraude-onderzoekster die zich geen appels voor citroenen laat verkopen.

Ze doet altijd het juiste, al schrikken mensen nogal eens van haar onorthodoxe methoden.

Colleen Cross is bovendien accountant en fraude-expert en schrijft waargebeurde misdaadverhalen. In Anatomy of a Ponzi: Scams Past and Present bijvoorbeeld ontmaskert ze de grootste Ponzi-fraudeurs aller tijden en hoe ze ermee wegkwamen. Ze voorspelt bovendien precies het moment en de plek waarop de grootste Ponzi-fraude ooit aan het licht zal komen en de aanwijzingen waar men op moet letten.

Colleen Cross is ook actief op social media.

Facebook: www.facebook.com/colleenxcross

Twitter: @colleenxcross

Je kunt haar ook vinden op Goodreads.com.

Bezoek voor het laatste nieuws over Colleens boeken haar website: www.colleencross.com.

Wil je op de hoogte gehouden worden van Colleens nieuwste boeken, schrijf je dan in voor haar nieuwsbrief! http://eepurl.com/c0jsL1

OOK VAN COLLEEN CROSS

De Heksen van Westwick
Jong Gehekst is oud Gedaan
Een goede spreuk is het halve werk
Niet Getoverd is Altijd Mis
Kerstmis, heksen en een moord
Moord, wijn en een heksenfestijn
Heksen, Valentijnsdag en een vloek

Katerina Carter juridische thrillers
Nooduitgang
Met gelijke munt
Engel des doods
Groene schijn
In het rood
Blauwe Maandag

Wil je op de hoogte gehouden worden van Colleens nieuwste boeken,
schrijf je dan in voor haar nieuwsbrief!

www.colleencross.com

www.ingramcontent.com/pod-product-compliance
Lightning Source LLC
Chambersburg PA
CBHW051225210726
48290CB00003B/809